The Wanderer Bokusui

ザ・ワンダラー

濡草鞋者《ぬれわらじもの》 牧水

正津 勉

Ben Shouzu

ARTS & CRAFTS
アーツアンドクラフツ

まえがき

白鳥《しらとり》は哀《かな》しからずや空の青海のあをにも染まずただよふ
幾山河越えさり行かば寂しさの終《は》てなむ国ぞ今日《けふ》も旅ゆく

これは教科書で馴染みの代表的な二首である。牧水は、いわゆる愛唱歌人とされる。それどころかもっと国民歌人ともいわれもする。

吐く息の一つ一つが歌と化す。それではないが、生涯総歌数は九千七百首超、になんなんという。旅の歌、酒の歌、恋の歌……、人口に膾炙した名歌が数多い、と。たしかそのように国語の副読本の記述にあったようだ。しかしながら牧水といっても、あるいはほとんどの人はここに挙げる歌ぐらいを知るだけがやまやま、というのが多数ではないか。かくいう当方にしたって、酒好きであればつぎの名歌がくわわるだけで、じつはほぼ同様であった。

白玉《しらたま》の歯にしみとほる秋の夜の酒はしづかに飲むべかりけれ

牧水の歌はというと、平易で親しみやすい。そんなふうに教えられてきた。またそのように多くの本も記すところだった。ところがいま、これをあらたに読みこもうというと、じつになんとも捉えがたくあるのだ、いやまったく。

昭和三年(一九二八)九月、牧水、死去。享年四十三。ことし没後九十年になる。棺を覆いて事定まる。そんなふうに教えられてきたものだ。しかしながらこと牧水にかぎってはどうか。このことでこちらは思うものである。

若山牧水。およそこれほどまで、事定まらない存在、はないのではないか、と。

どうしてなのか短くいっておく。それは牧水が〈近代〉という、ありあわせのメジャーでもっては語ろうに語りつくせないサムシングがある、つまり埒外な存在である。そんなふうに考えられるからだ。しばしばいわれることだが明治からこのかた、ともすると、わたしらは〈近代〉的なるか否かを指標値としてのみ、なにごとにつけても評価せんとしてきたきらいがある。

ところがいまこれを牧水にあてはめてみるとどうか。かような底浅い便法ではとても十分に理解がゆかない。どうもどうにもその詩心にとどきそうにないのである。

まずはそのように見定めることにした。そのうえで牧水読み初歩文献たる、生い立ちを綴る「おもひでの記」、その十五章を三読四読しつづけた。そのどの章も示唆的であり、じつに印象深く頷かされた。そのうちなかでも特にきわだって、「濡草鞋《ぬれわらじ》」なるふしぎな題を付す章がいっとう牧水的、であるように思われてきてならなかった。あえていうならば、そこにこそ牧水が事定まらないまま、いまにいたる特異な事情なりゆえん、があるのでないか、と。

「濡草鞋を脱ぐ」といふ言葉が私の地方にある。他国者が其処に来た初めに或家を頼つて行く、それを誰は誰の家で濡草鞋をぬいだといふのである。その濡草鞋をぬいだ群が私の家には極めて多かつた。

私の家自身が極く新しい昔に於て濡草鞋党の一人であつたのだ。それかあらぬか、私の村附近に入り込む者は殆ど悉く先づ私の家を頼つて来た。祖父は（その頃の事は話にしか知らないが）極めてのやかまし屋であつたところから、その時代には余りさうでもなかつた様だが、私の父はその反対に極く開けつ放しの、賑か好きの、客を好む質《たち》であつたので、来るものをば黒白選ばず歓迎した。……。山師、流浪者、出稼者、多くは余り香《かんば》しからぬ人たちが入れ替り立ち替りやつて来た」

父は、それでそのような繰り返しの果てにどうなっただろう。つまるところそれら濡草鞋の徒の世話や口車に乗り、また自ら入れ揚げて、祖父が一代で築き上げた財産を失してしまったのだ。児は、ではそのような濡草鞋の徒を白眼視したものだろうか。

「母の朝夕の嘆きを眼の前に見てゐるので、理も非もなく彼等をよくない人たちだとは思ひながら、私は知らず知らず彼等他国者に馴附《なつ》いてゐた。彼等はまた方便として私を可愛がつて呉れたのであらうが、兎に角に私は自分の村の誰彼よりもさうした人たちをみな偉く、且つなつかしく思つてゐた。鉱山師の高橋さんといふ四国の人、私の村に興業に来て病気になり、其儘永い間私の家に留つてゐた何とか丸といふ旅役者、他人《ひと》の女房を盗んで逃げて来たといふ綱さん、自分で放《ひ》つた屁の臭《にほ》ひを惶てて嗅ぐことを喜んだ何斎さんとか云つた旅医者、ゆでたての団子のさむるのを待ち兼ねていつも水に投げ込んで冷して食つた性急《せつかち》の高造爺、いま思へば彼等はみないはゆる敗残の人々であつたのだ。そして私は彼等の語る世間話と、いつとなく読みついてゐた小説類とで、歳にはませて早くも世間といふものを空想することを覚えてゐた。ちやうどそれはをりをり山の頂上から遥かに光つてゐるものを望んで、海といふものを空想してゐたと同じ様であつたらう」

　これをどのように読まれるだろうか。濡草鞋群と一家、祖父と、父と母と、牧水と、各々の応接次第。このあたりになにか鍵があるのではないか。

目次

装丁◉芦澤泰偉
写真◉沼津市若山牧水記念館提供
「最後の旅姿」

ザ・ワンダラー

濡草鞋者《ぬれわらじもの》

牧水

第一章　渓の児

うす青き峡

濡草鞋。郷《ごう》を後にして、つねに旅の空にある、歩く徒をいう。牧水は、なんともじつに生涯の九分の一、学校を出てから五分の一を旅の身空、旅の歌は総歌数の三分の一以上にのぼるという。どうしてそれほどまでも旅に憑かれつづけたものなのか。いまここでその歩き方についてであるが、生涯を大きく二つに区切る、もうはっきりと違う顔をみせるのである。若い日にはつよく海に憧れつづけ、年を経るにつれて山へ向かうのだ。

牧水は、なるほど多く旅の空にあった。なかでも生涯にわたって愛したのが、山の懐の深く、しずかな渓谷をたずねる旅であった。つとに知られるのは、大正十一年（一九二二）秋、利根川源流を遡る水源探索「みなかみ紀行」、このときの旅である。

さて、本稿では、牧水が愛しやまなかった渓谷を辿ろうというのだ。しかしなぜまた渓谷ではあるのか。それにはそのまえに事の順序からして、まずその原点を問うほうがいいだろう。

明治十八年（一八八五）、八月二十四日。牧水は、日向の国、宮崎県東臼杵《うすき》郡坪谷《つぼや》村一番戸（現・日向《ひゅうが》市）に、父医師若山立蔵《りゅうぞう》四十歳、母マキ三十七歳の長男に生まれた。母は、延岡藩の士族長田勘三郎の娘。うえに大きく歳の離れた三人の姉があり。末っ子だ。ついてはまずその生れ育った坪谷なる名の地からみてみよう。

「坪谷《つぼや》村は山と山の間に挟まれた細長い峡谷である。ことに南には附近第一の高山である尾鈴山がけはしい断崖面を露《あら》はして眼上《まうへ》に聳えてゐるので、一層峡谷らしい感じを与へて居る」「この村に限らず日向といふ国はその天然の状態から一切周囲の文明に隔離してゐたのである。東南一帯は太平洋で、その洋岸は極めて硬直で更に港らしい港を持たず、西北に重畳した高山の一帯が連亙して全く他との交通を断つてゐた。自然遙かに離れた孤島の様な静寂を保たざるを得なかつたのである」（「坪谷村」）

なるほどこの牧水の描写は正確なものである。おなじくつぎのように辞典ものべるところである。「地名の由来は明らかでないが、当地域の中心地である山陰《やまげ》よりみてさながら壺の形に似て入口が小さく奥が広いことから、坪谷といわれたのであろうと推測される」（『角川日本地名大辞典・宮崎県』）

現在も、日豊本線は日向市駅から車で一時間近くの過疎地域、僻村だ。生家は、眼下に耳川《みみかわ》

（美々津川《みみつがわ》）支流の坪谷川の峡谷を望む景勝の地にある。いまもなお生家跡には牧水詣でがつどう。でこの坪谷なる渓谷をかたちづくっているのが、いうならば牧水マウンテン、そのようにいってい い尾鈴山《おすずやま》の山容である。

尾鈴山（一四〇五メートル）は、日向を代表する名山。丸みを帯びた岩峰で都農町《つのちょう》と木城町《きじょうちょう》の境が頂。北東に西林山《せいりんざん》、南に矢筈岳《やはずだけ》などの支峰を従えた尾鈴山地を構成する。多雨地域であり、尾鈴山の稜線を巻いて北から耳川、南から名貫川《なぬきがわ》が、日向灘に流れ下る。名貫川上流域の渓谷には、矢研《やとぎ》の滝、白滝など大小三十を越える滝があり、尾鈴山瀑布群として石楠花や高野槙の群落のなか清冽な瀬音がつづく。まずはこの歌をみられよ。

おもひやるかのうす青き峡《かひ》のおくにわれのうまれし朝のさびしさ　（『路上』）

牧水は、耳川上流、坪谷川の「うす青き峡のおく」に生まれた。でここではまず誕生の朝を「さびしさ」と詠う心のありように留意を促しておきたい。なんでどうして、さびしいものか。そこにはいうならば根源的ともいうべき寂寥感があるからである。そのようなぐあいにわたしらの田舎中学の国語教師はもっともらしくおっしゃった。だがそれがどういう意味のことなのか、どうにもよく理解ができなかった。

「うす青き峡のおく」、すなわち遠く人里を離れた僻遠の地に生を受けたこと、それをして「さびしさ」とするのか、と。

ときにだめな生徒はぼんやりと思ったものだ。それはただたんに、こちらも山の奥は越前でも奥越なる地の生まれなれば、われとわが身に重ねて感じ入ったから、であるようだ。このことに関わって、さきにいま一つここで、つぎの歌をみておこう。

ふるさとの尾鈴《をすゞ》の山のかなしさよ秋もかすみのたなびきて居り　（『みなかみ』）

じつはこの歌は生家裏の高台にある自然岩に刻されている。つたわるところ歌碑の岩はある年の暴風雨で山から転げ出たものとされる。それほど山奥にして渓深くという。牧水は、よくこの岩に坐って、山を眺め、もの思いに耽ったとか。ここではこの「尾鈴の山」がなぜ「かなしさ」と詠われるのか。ついてはまた根源的ともいうべき悲哀感とでもいうのか。

「さびしさ」「さびし」、それと同様なる詠嘆として、「かなしさ」「かなし」。万葉以来、まことにこの二語は和歌表現の常套なのであるが、明治以降、おそらく牧水ほどにこの二語をよくする歌人はいまい。それもほとんど臆面もなくというほど乱用にちかいまでも。のっけから言っておこう。このことに関わって、のちに妻若山喜志子までが、つぎのように書くのだ。

「ある時はこのかなしさも淋しさもとりあえず表現すべき文字のないために仮にその間に合せの文字を使ったであろうと思われる」（『若山牧水歌集』若山喜志子選・解　岩波文庫）と。

どんなものだろう。こりゃちょっと勇み足よろしくないか。そんなぜったい「間に合せ」なんかじゃない。いわずもがな牧水の才能をもってするならば、ごくしぜんにこの二語に詩心をひそめようこと、でそれだけで十全な一首をものしえているからだ。

それはさてとしてこの、「さびしさ」寂寥感、「かなしさ」悲哀感、それはなにゆえなるか。これからそう、そのゆえんを明らかにしたく「うす青き峡のおく」へと辿ってゆかんと、いうのである。

牧水という

――名は人を現す。

そのようによく、いわれるものだ。だがどうだろう、牧水という名ほどにその人らしい筆名、があるだろうか。ちょっとほかに、ありそうにない。

戸籍名、若山繁《しげる》。ごくごく平凡なそこらに、ごろごろと転がっている、よくみる名前でしかない。じっさいこの名はというと「（上の姉二人が）当時の絵入郵便報知新聞（今の報知新聞の前身かと思ふ）の続きものに出て来る女傑に自ら男装してまで学問をした葉山繁といふ非常な勉強家があつたので、葉山と若山と似ても居り、それにあやかる様にと斯う名づけたのださうである。不幸にしてこの繁は稀有なる怠惰者《なまけもの》として生ひ育つことになつてしまつた」（「名づけ」）というから笑ってしまう。しかしどうだろう、それが牧水になると、それこそ雅にして鄙なること、じつに素晴らしい、かぎりではないか。

石川啄木、北原白秋、……。もちろんこれらの筆名もよろしげで、なんとなくそれらしく人と詩が浮かんでくるしだい、だがいかにも旧弊っぽくすぎないか。それとくらべれば、若山牧水、とはどうであろう。なんともこの人にぴったりで、これより考えようもない。

年譜によると、明治三十六年（一九〇三）、十八歳、秋頃から「牧水」の筆名を使用とのこと。「若い「水」と、「山」の「牧」と。このように繋げてみよう。ちょっと大正文化ロマンチックらしくあって、くわえて新興文芸アイドルスターっぽくある。そのようであってさりげなく、実直素朴、村夫子然《そんぷうし》、よろしくとられそうなぐあい。いやじっさい見事なること、このうえない名ではないか。

ほんとうよくこころえた、心憎い濡草鞋、特殊的な命名、とでもいえないだろうか。そこでこの筆名を前にするといつも、つぎのような一節が浮かんでくるのだ。

「牧水氏の雅号が示す通り、その真に牧歌的な風貌を考へると、何となく物なつかしく、いつでも逢ひたいやうな親しみを感じてゐた」（萩原朔太郎・書簡、中澤豊三郎宛　大三・二・九）

――名は人を現す。まことにこれぞ真実のあかしだろう。いやそれにしても「真に牧歌的な風貌」とはおかしくないか。でもってその名のするところ、「何となく物なつかしく、いつでも逢ひたいやうな」、といふやうに動かされるのだと。牧水、なにつけよろしげである、名前。ついてはつぎのように自らおよんでいるのである。

「私の家の眺望は雨の日が特にいい。それは雲と山との配合が生きて来るからである。……一朝雨降るとなると山全体が、いやその峡谷全体が、真白な雲で閉されてしまふ。その雲の徂徠によつて到るところ襞の多いその嶮山が恰も霊魂を帯びたかの様に躍動して見えるのである。

私はものごころのつく頃から痛くこの渓と山の雨とを愛した。で、歌の真似などを始め出して雅号といふものを使ふ様になると先づ雨山と称したものであつた。白雨とも云つた。現に使つてゐる牧水といふのも当時最も愛してゐたものの名二つを繋ぎ合せたものである。牧はまき、即ち母の名である。水はこの渓や雨やから来たものであつた」（「坪谷村」）

牧水は、いただいたその筆名にあるように、ことに「母」と「水」とに愛された児であった。

「母」と

牧水は、待ち望まれて遅く生まれた男の子であれば、もう猫可愛がり、親の愛をいっぱい受けて育っている。むろんのこと父の愛はというと篤く深いものがあった。だけどそれにもまして「母が私を愛してゐた事は並ならものであつた」とまでもいうのである。

どうしてそのように母掛かりになったものか。どうやらお父さんは児からみても「一点の邪気を持たぬ、情に厚い人であつたが、惜しいかな意志が極めて弱かつた。そして常に何かを空想する事を止めぬ小さな野心家であつた。……。そして医を業としてゐながら、多くは自宅に落ち着かず、何か彼か、事業といふ様なことを空想して飛び歩いてゐた。その周囲には必ずまた右に言つた濡草鞋の徒が食つ着いてゐたのである」（「父の事」）というような変わったお人らしかった。そんなわけでいわば乳児にして父離れせざるをえなかった。

ところでここにいう父の「飛び歩」きようはどうか。どことなしのちの倅の姿をしのばせはしないだろうか。

父おほく家に在《あ》らざり夕さればはやく戸《と》を閉《さ》し母と寝《ね》にける　（『路上』）

どこにもある景ではあるだろう。これをみるにつけ、なるほど父は多く家にいなく、なおさら幼な児は母ひとりに、なっていったのだ。ついてはつぎの歌をみられたし。

母恋しかかる夕べのふるさとの桜咲くらむ山の姿よ　（『海の声』）
ふるさとは山のおくなる山なりきうら若き母の乳にすがりき　（『路上』）

いやなにほんと、べたべたのこの母恋ぶりといったら、おかしくないか。いまふうにいえば、ちょいキモすぎでは？　だけどこのとおり母は児を愛すること、まったきひとしきなるさま、いやもっと子は母を愛したのである。繁坊は、末っ子の、跡取り。頭の芯から、まるごとお母さん児だったのだ、足の先まで。

そうしてこのお母さんが、とても児をたいせつにした。このことでは以下のような歌文をみられたい。

歯を痛み泣けば背負ひてわが母は峡《かひ》の小川に魚を釣りにき　（『路上』）

「私は五歳位《いっつっ》ゐから歯を病んだ。……。そんな場合、おいおい泣きわめいてゐる私を抱いて一緒に涙を流してゐるのは必ず母であつた」「或時はまた声も枯れ果て、ただしくしくと頰を抑へて泣いてゐると、母は為かけた仕事を捨てておいて私を背に負ひながら釣竿を提げて渓へ降りて行つた。さうして何か彼か断えず私に話しかけながら岩から岩を伝つて小さな魚を釣つて呉れた」（「母の事」）

いつだって「私を抱いて一緒に涙を流」してくれる。いかにもこのお母さんらしいこと、「私を背に負ひ」家の前の渓へ「魚を釣」りに、「さうして何か彼か断えず私に話しかけながら」ゆくと。

「いま思へばその頃の母は四十前後であつたらうが、どうしたものか私には二十歳前後の人と想像せられてならない。母といふより姉の気がした。更に親しいをんなの友達であつた様にも思はれてならないのである」

まあちょっと、ここはこの心の動きには妖しいものが、ないだろうか。なんといったらいいものか。いまにいたってまだ、しっかりと臍の緒で繋がりあった、ふうなままでいる。そのようなキモイあんばい。どうにもまったく、まあこの母と児の仲ばかりは、おかしいのである。フツウーとはいえない。どうかするとそんな、母子相姦的、ともみられるほど。ビミョーみたいだった。

「水」と

「母」と「水」とに愛された児、牧水。つづいてつぎの歌文をみてみたい。

山にあらず海にあらずただ谷の石のあひをゆく水かわが文章は　（『黒松』）

「理窟ではない、森が断ゆれば自づと水が涸《か》るゝであらう。水の無い自然、想ふだにも耐へ難いことだ。

水はまつたく自然の間に流るゝ血管である。

これあつて初めて自然が活きて来る。山に野に魂が動いて来る。

想へ、水の無い自然の如何ばかり露骨にして荒涼たるものであるかを。

ともすれば荒つぽくならうとする自然を、水は常に柔かくし美しくして居るのである。立ち並んだ山から山の峯の一つに立つて、遠く眼にも見えず麓を縫うて流れてゐる渓川の音を聞く時に、初めて眼前に立ち聳えて居《い》る巍々《ぎぎ》たる諸山岳に対して言ふ様《よう》なき親しさを覚ゆることは誰しもが経験してゐる事であらうとおもふ。

私の、谷や川のみなかみを尋ねて歩く癖も、一にこの水を愛する心から出てゐるのである」（「草鞋の話 旅の話」）

いやなんという水賛歌ではあるだろう。なんともいまさらながらこの、達意の歌文のそれこそ舌の上を転がるような流露に感心、させられることしきりである。まったくもってこの快い調べはというと、いわゆる絶対音感ではないが、こればかりは持って生まれたものなのだろう。

ところで牧水がよく朗詠したとの回想がある。そうしてその素晴らしさには多くが舌を巻くほどだと証言するところだ。

「牧水が、雑誌の歌の校正などをやりながら、知らず識らずのうちに声に出して歌ふ場合の朗詠とも朗読ともつかぬ口吟ともつかぬ低音微吟、あれはまた別の趣があつた」（長谷川銀作『牧水襍記』）

「牧水の朗詠は天下一品といわれ、朗々たる調子の中に嫋々たる余情があり、今ふうに言えばまさに人間文化財的なものであった」（中西悟堂『愛鳥自伝』）

このことでもっと思いを飛ばすとどうだろう。ひょっとしてそれは、この渓の瀬の音が舌を転がる、ようではなかったか。それこそまさに「ただ谷の石のあひをゆく水かわが文章は」というぐあいに。そこらはおいおい明らかにしてゆこう。ということにして、いま少し妙なる瀬の流れを聴きすむ、ようにしていたい。

「眼を挙げるのがいゝ時と、眼を伏せるのゝ好ましい時とがある。更に唯だぢいつと瞑《と》ぢてゐたい時もある。

伏せてゐたい時、瞑《と》ぢてゐたい時、私は其処にかすかに岩を洗ふ渓川の姿を見、糸の様なちひさな滝のひゞくのを聴くのである。

渓や滝の最もいゝのも同じく落葉のころである。水は最も痩せ、最も澄んでゐる。そしてそのひゞきの最もさやかに冴ゆる時である」（「自然の息 自然の声」）

「水は最も痩せ」、そのように水の流れを体幹的にも捉えるあたり、まさに渓の児の感受だろう。ところで「眼を瞑ぢて」とおよぶ。これはあえていえば、心の耳で視よ、心の眼で聴け、ということであるか。そうしてこれぞまた、牧水の歌の流露、なるものなのである。さらにまたつぎにみる歌文をどうとられるだろう。

「疲れはてしこころの底に時ありてさやかにうかぶ渓のおもかげ
何処《いづく》とはさだかにわかねわがこころさびしき時に渓川の見ゆ
独り居て見まほしきものは山かげの巌が根ゆける細渓《ほそたに》の水
巌が根につくばひ居りて聴かまほしおのづからなるその渓の音

二三年前の、矢張り夏の真中であつたかとおもふ。私は斯ういふ歌を詠んでゐたのを思ひ出す。その頃より一層こゝろの疲れを覚えてゐる昨今、渓はいよ〳〵なつかしいものとなつて居る。ぼんやりと机に凭《よ》つてをる時、傍見をするのもいやで汗を拭き〳〵街中を歩いて居る時、まぼろしのやうに私は山深い奥に流れてをるちひさい渓のすがたを瞳の底に、心の底に描き出して何とも云へぬ苦痛を覚ゆるのが一つの癖となつて居る。

蒼空を限るやうな山と山との大きな傾斜が――それをおもひ起すことすら既に私には一つの寂寥である――相迫つて、其処に深い木立を為す、木立の蔭にわづかに巌があらはれて、苔のあるやうな、無いやうなそのかげをかすかに音を立てながら流れてをる水、ちひさな流、それをおもひ出すごとに私は自分の心も共に痛々しく鳴り出づるを感ぜざるを得ないのである」（「渓をおもふ」）

牧水は、渓の児として生まれ、ワイルドボーイとして、ワンダーランドさながら、渓を駆けめぐり育った。さきにお母さんの「私を背に負ひながら釣竿を提げて渓へ降りて行つた」という優しさをみた。

ところでこのお母さんはといふと、むろんもちろん釣りにとどまらない。山へ入り、山と遊ぶ。「この癖を私に植ゑたのはまさしく私の母であつた」（「母の事」）と。そうして涙をこぼさんばかり振りかえる。「彼女は実にさうして山に入つて蕨を摘み筍をもぎ、栗を拾ふことを喜んだ。……。父と言ひ合ひをした後など、彼女は必ず籠を提げて山へ入つて行つた。そしてその時必ず私はその後を追つたのである」

でなんとその籠の中には酒を詰めた小さな瓶が入っていたとか。いまみるとこの酒の小瓶がこののちの牧水の酒につながる。呼び水ならぬ、呼び酒となる。「私の国では殆ど男女の別なく酒を嗜むが、母はことに好きの様であつた」

それはさてとして、おそらくこれ以上の母子の関係はとなると、あまりなさそうだ（むろんそのことがのちに重荷、呪縛とあいなるのであるが）。幼児は、ものごころがつかないうちに母から山へ入り、山で遊ぶ楽しさをいっぱいおしえられた。学童期、勉強は嫌いでも、成績は良くって、根っからの自然児として育ってゆく。「冬から春にかけてはいろいろな係蹄《わな》をかけて鳥や獣を捕る。蕨、ぜんまいを摘む。椎茸を拾ふ」（「遊戯（その一）」）。またランプ以前の村では灯明として用いる、倒れた松の節を切り取る「節松掘り」に精を出すのである。秋は「椎拾ひ、栗拾ひ、通草《あけび》とり、山柿とり、から始つてやがて茸取りとなる」。さらに山芋つまり「自然薯掘り」がくる。

それでこの芋掘りであるが、これがまあ大抵でないのだ。まずは「その根の所在を発見するのがなかなかの難事」なうえ、経験のある向きならご存じのように、それを途中で折らずに掘り出すのは大変な根気の要る作業である。それなのに繁少年はというと、「秋の山の朗らかな日光のなかに蹲踞《しやが》んでこれを為るのが何とも云へず楽しみであつた。それだけに上手で、いつも大人を負してゐた。荒い土を掘つて白いその根の次第に太く表れて来るのも嬉しかつた」というから山人《さんじん》よろしくある。

そうしてしばらく芋を掘りあてて腰を伸ばすと頭の上のたかく樹が茂っていることだろう。ぐるりぐるっと見るともなく見わたすようにする。するうちにふと感じ入ったことだろう。

「人は彼の樹木の地に生えてゐる静けさをよく知つてゐるであらうか。ことに時間を知らず年代を超越した様な大きな古木の立つてゐる姿の静けさを。

独り静かに立つてゐる姿もいゝ。次から次と押し並んで茂つてゐる森林の静けさ美しさも私を酔はすものである。

自然界のもろ〳〵の姿をおもふ時、私はおほく常に静けさを感ずる。なつかしい静寂《せいじゃく》を覚ゆる。中で最も親しみ深いそれを感ずるのは樹木を見る時である。また、森林を見、且つおもふ時である。

樹木の持つ静けさには何やら明るいところがある。柔かさがある。あたゝかさがある。

森となるとやゝ其処に冷たい影を落して来る。そして一層その静けさが深んで来る。森の中でのみ私は本統に遠慮なく心ゆくばかりに自分の両眼を見開き、且つ瞑づる事が出来る様である」（「自然の息　自然の声」）

圧倒するこの静寂。年端もゆかぬ身にしてこの畏れによく共振れしている。このことは枝葉どころではなく、そののち歌人牧水にとって、じつはその根幹となっていよう。

繁少年は心ゆくまで山を駆けめぐり多く学んでゆく。子供は、自身、天然だ。というところで、お母さんゆずりの釣り、についてみよう。渓では多くの魚が捕れる。なかでも鮎である。なんと「われわれ子供ですら半日数十尾を釣ることが出来た。渓の瀬の岩から岩へ飛び渡つて釣つて歩く面白さはいま考へても身体がむず痒くなる」（「遊戯（その二）」）という。のちにこの頃の渓で遊んだ日を「鮎つりの思ひ出」と題して二十五首の多くを詠んでいるのだ。

ふるさとの日向の山の荒渓の流清うして鮎多く棲みき
幼き日に釣りにし鮎のうつり香をいまてのひらに思ひ出でつも
瀬の水は練絹《ねりきぬ》なしつ日に透きて輝ける瀬に鮎は遊びき　（『黒松』）

それはほんと楽しい釣りであった。「岩から岩へ飛び渡つて釣つて歩く」。だけどその釣りかたが、いつとなし変わってくる。

「私の特に好んだのは斯うして飛び歩いて釣るのよりも、樹のかげか岩蔭にしやがんで、油の様な淵の上に浮いた浮標《うき》に見入る釣であつた。そして、友達と一緒に釣るよりも独りぼつちで釣るのを愛した。そのため、他の人の行かぬ様な場所を選んで釣りに行つた」

それからしばらく、なおその癖はつよく、なっていくのである。

「やがて少しづつ文字を知る様になると、……、一層その癖が烈しくなつた。今までは知らず知らず仲間を避けてゐたのが、いつの間にか意識して他《ひと》を避くる様になつた。さうなつて愈々親しくなつて来たのは山であつた。また渓であつた。多くは独りで山に登り、渓に降りて行つたが、稀に一人の友があつた。それは私の母であつた」

ここでもまたお母さんであるとは！　みるとおりに繁少年はというと、もちろん土地の友達とも仲良くしたが、だんだんと単独行をするにいたる。どうしてそのように外れてゆこうとするのか。それは「文字を知る」、つまり空想に遊ぶ。いわゆる孤独にひたる年頃になった。そのあたりの変わりようは、べつにふつうに誰もおなしである。それはそうなのであろうが、じつはいま一つわけあり、めくようなことがあるのだ。

そうしてそれこそ、いっとう肝要なること、といえるのである。

ザ・ワンダラー・牧水

牧水の生誕と幼時をめぐって、母性と自然への親和をみてきた。くわえていま一つこの少年をやがて牧水にする鍵があるのである。そうしてそれこそ起稿にあたり、まえがきに特記したように、もっとも重大なことなのである。

それはそう、濡草鞋、なることだ。「私の家自身が極く新しい昔に於て濡草鞋党の一人であつたのだ」。これはどういうことか。そのゆえんは祖父の代にさかのぼる。

祖父健海《けんかい》（本名・吉五郎）について。牧水は、このように記している。「私の祖父は武蔵川越在の農家の出で、幼時より江戸に出で両国の生薬屋に奉公してゐた」（「祖父の事」）と。だがこの記述は正確ではない。

文化八年（一八一一）、健海は、じつは「川越」ならず、埼玉県入間郡富岡村（現・所沢市神米金《かめがね》）に生まれている。つづいて「幼時より」とあるが、十三歳で江戸は両国で漢学を履修後、医師を志し長崎に入り、緒方洪庵ほかに師事して蘭学と西洋医学を学んだ。健海は、つたわるところ初期の種痘研究で著名であったという（参照　健海自筆「種痘人名録」牧水記念館）。

天保七年（一八三六）、二十五歳。健海は、坪谷に住まう。それにしてもなぜ武蔵の国に生まれ長崎に学んだ医師、健海がわざわざ日向の山間に住まいを定めたものだろう。ことはさきに江戸で知り合った当地の出の知友、水野栄吉の勧めがあり、またその縁で水野の娘カメと結婚したからだと。

それでもって「来て幾年も経たぬうちに其処に於ける有数の財産家になりおおせた。そして一方では非常に文字を愛したらしい」というのだ。自慢の祖父だ。健海は、それがなんとも明治二十年（一八八七）七十六歳で没するまで、ふるさとの地を踏むどころか手紙の一つも出さなかった。というのだから正真正銘、まったく根っからの、濡草鞋党だったのである。

　そして父立蔵である。さきにみたように濡草鞋に入れ揚げて祖父健海の築き上げた財産を使い果たして「もうその濡草鞋の徒《やから》も寄つては来なくなつた」ていたらくなところ「父自身が自分の村を飛び出さう飛び出さうと試むる様になつた」（「濡草鞋」）というようなありさま。どういったらいい、それこそ一途なる濡草鞋への投身をみせた、ということである。牧水は、つぎのような父の屈託を複雑な気持で綴るのである。

「こればかりは確かだぞ、と言ひながら彼が日参をしてゐた五平田《ごへいだ》山《やま》のことを私は僅かに覚えて居る。五平田とは石炭のことである。その石炭が出るといふので、私の村のずつと奥の山に数人の坑夫を入れてゐた事があつた。そして毎日酒肴の弁当を作つて、父は其処へ出かけてゐた」（「父の事」）という。父は「四国弁の高橋さん」なる濡草鞋の鉱山師さんといかがわしい事業に精を出していた。

　このことでは立蔵だけではない。じつはこのころ鉱山の開発が坪谷のみならず周辺の村でも手広く行われていたこと。ときにこのような御仁がおいでになった。お隣の熊本県球磨郡四浦《ようら》村（現・相良《さがら》村）出身の作家小山勝清《おやまかつきよ》（一八九六〜一九六五）。小山は、童話『彦一頓智ばなし』、時代小説『それからの武蔵』ほか、柳田國男（一八七五〜一九六二）との交流で知られる。でこの小山の父が医者だった。父小山文郁《ぶんいく》は、熊本細川藩の医家の出で、西南の役で戦乱の熊本を逃れ、球磨川支流、川辺川の小盆地、四浦村に住む。すなわちそう、濡草鞋、よろしげにも。文郁は、そうして医業のかたわら、またなんとも鉱山に高熱になるという、まったく立蔵そっくりに。それでもって銅山二つとアンチモニー鉱山一つを掘り当てるも悲運つづきだった（参照　高田宏『われ山に帰る』岩波同時代ライブラリー）。

濡草鞋三代目・牧水。いわずもがなそれは祖父と父から受けた影響は少なくはないのである。いやじつに大きくあるのだ。ここでもう一度「濡草鞋」をみられたし。そこに登場する「鉱山師の高橋さん」をはじめ、病気をして家に留まった「何とか丸といふ旅役者」、他人様の女房盗み駆け落ちした「綱さん」、自分の屁の臭いを嗅いで喜ぶ「何斎さんとか云つた旅医者」、熱々の団子を水に投げ込んで冷して食う「高造爺」などなど……。

どうしてこんなおかしな面々が数多くやってくるのだろう。このことでは、さきに引いた「自然遙かに離れた孤島の様な静寂を保たざるを得なかつたのである」（「坪谷村」）につづき書いている、つぎのように。「それが大阪商船の航路（註・大阪細島線、明治十七年開設、三十三年より毎日就航）が開くる様になつてから急に騒立つて来た。四国中国辺の山師共が宛然《まるで》手近の北海道か台湾の様な気持でどやどやどや這入り込んで来た。それ等が詐欺を教へ瞞着を教へた。やがて私の村にも県道といふものが開かれる。工夫が入り込む、賭博が始り、姦通が行はれ、喧嘩が拡まつた。それが恰度私の物心のつく前後に起つた事である」

そうしてそれらの者等があまつさえ居付くというか居座ることになっている。これはいかなる事態であるのだろう。もう一度、確認する。牧水は、しかしながら「彼等をよくない人たちだと思ひながら」「自分の村の誰彼よりもさうした人たちをみな偉く、且つなつかしく思つてゐた」といいおよぶ。このことに関ってこの名前をここに挙げたい。それは歩く民俗学者、宮本常一（一九〇七〜八二）である。代表作『忘れられた日本人』（岩波文庫）、その一章「世間師㈠」に郷里は山口県大島の姻戚の老爺を俎上に披瀝する。

「日本の村々をあるいて見ると、意外なほどその若い時代に、奔放《ほんぽう》な旅をした経験をもった者が多い。村人たちはあれは世間師《せけんし》だといっている。旧藩時代の後期にはもうそういう傾向がつよく出ていたようであるが、明治に入ってはさらにはなはだしくなったのではなかろうか。村里生活者は個性的でなかったというけれども、今日のように口では論理的に自我を云々しつつ、私生活や私行の上でむしろ類型的なものがつよく見られるのに比して、行動的にはむしろ強烈なものをもった人が年寄りたちの中に多い」

「その若い時代に、奔放な旅をした」「行動的にはむしろ強烈なものをもった」、ここにいう世間師とはいうならば、健海がまさにその一人、であれば濡草鞋よろしくあろう。

鉱山師や、旅役者や、出奔者や、旅医者や、凶状持ち……。いついつも渓谷から昇り沈む陽しか知らぬ少年はというと、いずこからともなく来ていずこへと去っていっている、どこか後ろ暗い「敗残の人々」が「語る世間話」に目を輝かせる。そうしてそこから世間と海へ空想をふくらますのだ。坪谷という母胎。この渓から広い世界へ出て行かん。おい縋る母を振り切ってでも、と。いつとなしそのように思いつのりつづけるのだ。

海へ

「私の村から海岸に出るには近いところでは僅か五里しかないのであるが、四辺《あたり》を包む山嶽の形から宛然《さながら》二十里も三十里も離れた、山深い所の様に思はれてならなかつた。で、母に連れられてなど、附近でもやや高い山の頂上へ行つて、あれが海だ、と指ざされると、実に異常のものを見る様に、胸がときめいた」（「海」）

明治二十四年（一八九一）、六歳。母に連れられて耳川を舟で下り、美々津で初めて海を見る。

日向国耳川
あたたかき冬の朝かなうす板のほそ長き舟に耳川くだる　（『砂丘』）

「うす板のほそ長き舟」は、高瀬舟。「耳川」は、椎葉村の奥、三方山に源を発し、早瀬を下り、宮崎平野を東へ流れ、日向灘へ悠然と入る。それがどんなに想像を超えた、もの凄い体験であったものか。

「初めて海を見て驚く驚愕《おどろき》は総《すべ》ての驚愕《おどろき》の中にあつて最も偉大な崇高なものであらうと思ふ」として書くのだ。

「眼の前の砂丘を越えて雪のやうな飛沫を散らしながら、青々とうねり上る浪を見て、母の袖をしつかと捉《と》りながら驚き懼《おそ》れて、何ものなるかを問ふた。母は笑ひながら、あれは浪だと教へた。舟が岸に着くや母はわざ〳〵私を砂浜の方に導いて更に不思議に、更に驚くべき海、大洋を教へてくれた。その時から今日まで、海は実に切つても切れぬ私の生命《いのち》の寂しい伴侶《みちづれ》となつて来てゐるのである」（「耳川と美々津」）

「更に……、更に……」、というなんともこの呟き込みようはどうだろう。というところで、じつはこのことに関わって北陸は奥越の山深くに涙物のこんな話があるのである、きいてもらおう。それは繁少年がそう、はじめて海を見てから、およそ二十年後である。

明治四十四年、農商務省農務局員、柳田國男が、美濃を越えて、越前へ入った。その折にわが郷里の僻村を訪ねる。そしてこのように記しているのである。

「下穴馬村朝日の小学校に憩ふ。読本の中の「海」といふものを説明するに、こゝの何とか淵を一万も二万も合せたほどの大きさと言ふのを聴いて、面白くおもふ。さう言つたところで山村の児童には、なほ海を胸に描く能はざるべし。よき画を与へたし」（「美濃越前往復」）

というがいまだ「よき画」（写真？）らしきもないのだ。ついでにここで私事におよぶならば、むろんのこと昭和も戦後であるが、こちらもこの「山村の児童」そのまま、だったというのが正直なはなしである。そのさきは八歳の夏休みに初めて、三国は東尋坊に立ち竦んで「総ての驚愕の中にあつて最も偉大な崇高」なる海を目にした洟垂れ小僧は、大きく声を飲んだものだ。「えっけぇ（おおきい）！」

渓から、海へ。繁少年にとって、そのことが現実になるのは、それからおよそ五年あとである。

アハレ山ヨ谷ヨ

旅中即興　故郷にて（延岡町）

故郷に帰り来りて先づ聞くはかの城山の時告ぐる鐘　（『黒松』）

明治二十九年（一八九六）、十一歳。坪谷尋常小学校を首席で卒業。だが近くに高等小学校がなく故郷を離れて、四十キロ離れた延岡高等小学校に入学する。これからさき延岡中学校時代の五年間と合わせて八年間を当地で過ごすことになる。

三十一年、十三歳。特記すべきは三月、母と義兄河野佐太郎に伴われ、金比羅参りと大阪見物をする。牧水、これが最初の長途の旅行である。

三十二年、十四歳。延岡中学校入学。創立一期生だ。校長山崎庚午太郎《かごたろう》は『俳諧史談』の著書を持つ碩学で、繁少年に目を掛け香川景樹『桂園一枝』や西行『山家集』を貸すなどした。繁少年は、その影響を受け文学に目覚め、小品文、和歌、俳句を、校友会誌を始め、「中学文壇」「秀才文壇」ほか各種紙誌に盛んに投稿する。また学友たちと「曙」「野虹」といった同人誌を発行する。

三十五年、十七歳。中学三年時の日記には近くの東海《とうみ》海岸で貝拾いや、河口で鯰釣りに興じる日々が綴られる。そして春休み坪谷へ帰省の際に書くのだ。

「尾鈴ノ山、坪谷ノ谷、霞ノ衣ヲ翻シテ吾レヲ迎フ、アハレ山ヨ谷ヨ、希クバ吾レニ好伴侶タルヲ許セ、翌ヨリハ、汝ヲ師トシ、友トシ、天然ノ美ニ酔ヒ、天然ノ美ヲ謳ハムカナ」（明三五・三・二六）

というところで、ここで一息おいて、いっておきたい。どんなものだろう、すでにここにのちの牧水の美質のすべて、歌とそして人となりを、たくまず見事に表現しきっているとみられる、そのようではないか。どういうかこの、ほんとう「天然」なるさま、といったらどうだ。

春休み、もっと長くある、夏休み。ワイルドボーイは猟に釣りに山川を駆け回ってあかないのだ。それがどんなに待ち遠しいものだったか。まず猟から。猟は、父立蔵の大阪旅行の土産「杖銃」なる仕込み杖の形状の銃で、鶲《ひよどり》、樫鳥《かしどり》、鶫《つぐみ》などを撃ち仕留める。というから猟師並の腕前だったのだ。

つぎには釣りである。ここに「鮎釣に過した夏休み」と題する小文がある。

「夏休みは永かつた、ひと月であつた。このひと月の間をば殆んど毎日釣をして過ごした。

父も釣が好きで、よく一緒に出かけて行つた。たゞ、父の釣はあゆつり（郷里ではあゆかけといつてゐた）だけであつたが好きな割には下手で、却つて子供のわたしの方がいつも多く釣つてゐた。

この父は愉快なる人で、性質は善良無比、そして酒ばかりを嗜《たしな》んだ。

…………

父は飲酒家の癖で、朝が早かつた。誰よりも先に起きて囲炉裏に火など焚きつけてゐた。そこへその無塩《ぶえん》（註・塩無しの意から生魚）売りが来る。彼はそれを待ち受けてゐて、やがて自身で料理にかゝる。刺身庖丁の使ひぶりは彼の自慢の一つであつた。そして綺麗に料理しあげて、膳をこしらへて、台所の山に面した縁端へそれを持ち出し、サテ、わたしの起きて来るのを待つのである。渋々私が起きてゆく、父はちやんと用意してあつた膳の上から一つの盃をとつて、

『マ、一ぱいどま、よかろ』

といつてさす。年歯僅に十幾歳の倅を相手に彼はいかにも満足げに朝の一時間だか二時間だかを過したのである」

ついてはさきに挙げた「鮎つりの思ひ出」の歌がほほえましい。

上《かみ》つ瀬と下《しも》つ瀬に居りてをりをりに呼び交しつつ父と釣りにき
まろまろと頭禿げたれば鮎つりの父は手拭をかぶりて釣りき
釣り得たる鮎とりにがし笑ふ時し父がわらひは瀬に響きにき

さらにここにある「マ、一ぱいどま、よかろ」とくるのはどうだ。なんともうるわしい、酒を間に置く父と倅の、ありようではないか。

繁少年は、それはさて中学校の五年間をつうじて、歌の道に邁進した。しかしながらいまからみれば牧水の才をもってしても、ここでは子細にしないが、それらはいまだ習作の域をでるものでなかったのである。

三十四年、作歌を始めた年の一首、ここではこれを引くにとどめる。

家にいます母の寝醒めや如何あらんあかつき寒き秋風の声　（「秀才文壇」明三四・一一）

母恋しい。しかしもう戻ろうに戻れないのだ。渓恋しい。

第二章　海の女

恋が歌を

牧水が、ほんとうに牧水らしくなる。そこにはなによりも故郷と母からの、それこそ骨から肉を力まかせ引き剝がすほど、つよい離別が求められたのである。もっというならば、すみやかに進んで、自ら濡草鞋の徒、なるなりと認める、ときなのであろう。

明治三十七年（一九〇四）、十九歳。卒業後の進路について悩むが、繁少年の詩才を認める英語教師柳田友麿に西洋文学の必要を説かれ、早稲田大学入学を勧められる。医師の跡取りであればこの選択をめぐりはげしい周囲の反対があったはずだ。ことに母マキの。それをなんとか説き伏せ言いくるめたか。父親の散財で学費に事欠く。でそこで授業料援助を義兄河野佐太郎に懇願するのだ。三月、延岡中学を卒業。

四月、早稲田大学文学科高等予科に入学、麹町区三番町に下宿。五月、早速、中学時代より投稿を通し敬愛する「新声」歌壇の選者尾上紫舟《おのえさいしゅう》（一八七六～一九五七）を訪問、この年、前田夕暮《ゆうぐれ》（一八八三～一九五一）とともに入門する。以来、生涯、師と仰ぐ。おもうにこの際の選択は正しくあった。紫舟は、明星派の浪漫主義に対抗し、短歌革新を説き、叙景詩運動を興し、自然に立脚し、思索性豊かな歌風を確立する。紫舟は、説く。

「自然は、良師なり。よく吾人に教訓を垂れ、鞭撻を加へ、神秘を教ふ。之をとりて素となし、之を以て彩となす。天賦の画、ここに於てか成り、真正の詩、これに由てか出づ」（「『叙景詩』とは何ぞや」合同歌集『叙景詩』明三四）

三十八年初め、紫舟を中心に夕暮、正富汪洋《おうよう》（一八八一～一九六七）、三木露風（一八八九～一九六四）らと車前草《しゃぜんそう》社を結成。車前草とは、どこにでもはびこる路傍のオオバコのこと。この雑草の社名からも主張は明瞭だろう。

紫舟は、旅を愛し、山路を彷徨し、歌を詠む、先達だ。なにしろ大雪山に雪渓を踏んで「氷河時代からの生きた化石」とされる啼兎《なきうさぎ》を詠うような奇特の人である。

啼兎

花草のにほふ岩間のここに啼きかしこに声す多きぞ兎

動きつつグラスにうつる薄鼠兎岩間に身をいだしたり
傾きて雪ある峰に近づける陽に手をあげぬ小さきけものは
果もなき大山原に点を置くこの存在のいとしくもあるか
眺め入る人をば知らで雪しろき谷間を兎見据ゑたりけり

（『尾上紫舟全詩歌集（素月集）』昭四三）

なんとも愛らしい「小さきけもの」に注ぐ温かいこの眼。これはまた師から弟子が真っ直ぐに継承するものだ。

六月、教室で熊本出身の北原白秋（一八八五〜一九四二）と親しくなり、のちに二度も下宿をともにする。また土岐善麿《ときぜんまろ》（一八八五〜一九八〇）ほかの知遇を得て文学的修練を積む。だがこの稿の性格からそのへんの詳しい経緯はおこう。

ここで挙げるべきは、なによりも恋である。牧水の一世一代の恋愛だ。これまで誰もが恋に悩む十代、中学時代を通して繁少年には、一つも春めいた話題はなかった。なにしろとんでもない超マザコンとくるのである。しかしながらわが牧水も例外ではなかったのだ。それどころかその遅すぎる恋はひどく悩ましく狂おしいものであった。あらかじめ言っておこう。はっきりと、これまでのこの恋を知るまでの歌はというと採り上げるほどのものは、ほぼないと。

じつにこの恋が歌を詠ませるのだ。ほんとうに一気に才能を開花させたのだ。かくしてはては、牧水を並ぶものもないような稀な歌人、にしたのである。

三十九年、二十一歳。六月末、牧水は、帰省の途次、神戸高商在学中の旧友の理不尽な失恋話を耳にし、仲介を買ってで、相手の家に乗り込むという事件がある。このとき出会ったのだ。そこにその少女の家にたまたま親戚の美しい婦人が来ているのに。牧水は、ときに居合わせたその女人にぞっこん一目惚れした。

それが園田小枝子《さえこ》である。そこでどんな遣り取りがあったのか。このときはほんの偶然、鉢合わせしただけだった。牧水は、しかしじつに筆まめなのである。おそらくそれからはもう頻繁に音信しあったにちがいない。

四十年、二十二歳。春頃、突然に小枝子が上京、するとたちまち火が付いているのだ。小夜子であるが、じつをいうと昭和四十年代半ばまでは名字さえ知らされてなく、某小枝子であった。それがその姿がやがて牧水研究の第一人者、大悟《だいご》法利雄《ぼうとしお》により明らかにされる。つぎのように大悟法の『若山牧水伝』（昭五二）にみえている。

「(小枝子は) 牧水よりも一つ年上である。生れたのは瀬戸内海のある海岸町、まことに不思議な両親をもち、まだ何もわからぬ幼女時代に既に幾回ともなくその戸籍が転々としているような数奇な運命の下に成人した。そして十六七歳ぐらいで結婚し、二人の子供さえもっていたが、胸を病み、家を離れて須磨の療養所に入った経験があった。……彼女はそれから家庭に帰らず、四十年の春あたり東京に出て来たのであるが、彼女は非常に美しかった」

小枝子について、さらに詳しくは大悟法の「牧水の恋人小枝子を追って」(「短歌」昭五一・一一／『若山牧水新研究』昭五三)がある。だけどこれとてもおよそ子細なところは不明にしたままというのだ。だいたい当の牧水も僅かな友人を除きその存在すら周囲に秘したのだ。牧水は、ところでなんとも解せないことに小枝子に夫と子供がいるのも知らなかったという。ならばいまこの引用でよしとされよ。でこれだけの記述をみるにつけても、あえていえば小枝子には濡草鞋をしのばせる、そこはかとない面影があるようでないか。牧水は、この妖しい「数奇な運命の下に成長した」美貌の女性に溺れる。

六月末、学期終わり、学生であればやむなく恋人をひとりおいて帰省しなければならない。帰省の途、京都、神戸まで友人が同行するが、それからは一人、岡山、広島や中国地方から九州諸地を旅し、七月中旬帰郷。一ヵ月半近く滞在。上京は細島(現・日向市)―大阪間を海路、関西に遊び、九月下旬、帰京。じつはこの旅中に多くの名歌を詠むことになる。

海を見て世にみなし児《ご》のわが性《さが》は涙わりなしほほゑみて泣く（『海の声』以下）

まずはこの歌からみよう。はじめに「世にみなし児のわが性」とはなに？　どういうことであるのか。みてきたようにあんなにも超マザコンであるというのに。そこでどうだろう、これを自らする濡草鞋宣言として解したら、おかしくあるか。それでつづいて「涙わりなしほほゑみて泣く」とはなんなるか？　濡草鞋者、なるとあれば、ことわが漂泊の心は乱れ悲喜こもごも、なるぞという。これはそのような挨拶の一首ではないだろうか。としてこれから以下をみてゆきたい。

われ歌をうたへりけふも故わかぬかなしみどもにうち追はれつつ
海哀《かな》し山またかなし酔ひ痴れし恋のひとみにあめつちもなし

牧水は、ときに恋に憑かれた胸のうちを歌に託すのだ。するうちに口を衝くようにも、ふいとあの歌が出ているのである。

白鳥《しらとり》は哀《かな》しからずや空の青海のあをにも染まずただよふ

「空の青海のあを」にも「染まずただよふ」ばかりの「白鳥」とは？　いわずもがな漂草鞋者、いったいこの世のどこにも属しようがない、牧水自身でこそあろう。さらにまた「中国を巡りて」と註記する歌をみられよ。

けふもまたこころの鉦《かね》をうち鳴《なら》しうち鳴しつつあくがれて行く

「鉦をうち鳴し」、これはあきらかに自らを諸国巡礼者、ならぬ、山河漂泊者に擬してのことだろう。そうしてその「あくがれ」は果てなくつづくのである。ついてはこのとき誰もが挙げるいま一つの歌を詠んでいるのである。

幾山河越えさり行かば寂しさの終《は》てなむ国ぞ今日《けふ》も旅ゆく

「白鳥は」と、「鉦をうち」、「幾山河」と。これは永遠の旅人、あえていうならば濡草鞋たらんことという、覚悟の詠草だろう。

掲出のこの三首。辛い恋に喘ぐ者が吐いた胸の閊《つか》え。おぼえずしらず溜息吐息さながらこぼれた三十一文字。なんとそれがそのまま生涯を物語る名歌となっているのである。巷間に言う諺どおり、恋は人を詩人にする。それこそ牧水がそうだ。以下（　）内は註記。

ただ恋しうらみ怒りは影もなし暮れて旅籠《はたご》の欄《らん》に倚るとき（耶馬渓にて）

さらにもっと恋の火は燃え上がりやまない。しかしなんという手放しであることか、いまとなっては気恥ずかしいまでに。などとそんなにも前のめりに先へさきへと急ぐこともあるまい。そのまえに牧水といえば、旅であり、酒である、というのが定番とされる。ここらでちょっとこのときの旅の途の酒の歌をみるのもよろしくはないか。いつもならず恋の惑いが杯を干させてやまぬ。

津の国は酒の国なり三夜《みよ》二夜《ふたよ》飲みて更らなる旅つづけなむ（摂津にて）
ちんちろり男ばかりの酒の夜をあれちんちろり鳴きいづるかな（紀の国青岸にて）
とろとろと琥珀《こはく》の清水津の国の銘酒白鶴瓶《はくかくへい》あふれ出《づ》る

二首目、「ちんちろり」とは、ものの本によると、残り少ない徳利の酒を注ぎ終わる、ときの音であるとか。なんともおかしくも哀しいオノマトペでないか。三首目、「白鶴（はくつる）」は、いわずもがな灘の生一本の銘柄。ちなみに酒狂人牧水にはのちの歌集にも以下のような名酒銘柄詠がみえる。

まさむねの一合瓶のかはゆさは珠《たま》にかも似む飲まで居るべし　（『路上』）

津の国の伊丹《いたみ》の里ゆはるばると白雪《しらゆき》来《きた》るその酒来る　（『朝の歌』）

「まさむね（正宗）」、「白雪」。いやはやなんたる酒童酒仙ぶりではないか。というところで酒から恋へと戻ることにしよう。さて、この上京の途次、牧水は、東京に永住し、文学者として世に立つことを決意する。

それがいかに困難このうえない、たいへんなる前途であることか。

ああ接吻

九月下旬、帰京。久々の逢瀬。それからはもう恋愛は熱烈に驀進しているのである。この年末より、両人は房総半島の南端、千葉県安房根本（現・南房総市）の海岸で十日余り滞在する。現在と違って一世紀前の安房は景勝の地だ。宿は漁師の家の離れ。延岡中学時代からの友人平賀春《しゅん》郊《こう》（財蔵）に宛てた葉書にある。

「わが居るは安房の海に突きいでし最端なれば日は海より出で海に落つるなり海の中に大島浮きて

旦夕煙を吐くその右に富士明らかに見ゆ
海はわがために魂のふるさととなりみなもとなり」（明四一・一・四）
かたわらに恋しい人がいるのだ。ときに相聞歌「安房にて」四十九首がなる。このときの歌が熱いのである。いやまことに火傷をするほど高熱なのである。

ああ接吻《くちづけ》海そのままに日は行かず鳥翔《ま》ひながら死《う》せ果てよいま
接吻《くちづ》くるわれらがまへに涯《はて》もなう海ひらけたり神よいづこに
山を見よ山に日は照る海を見よ海に日は照るいざ唇《くち》を君

ほんとうにこの恋の海を真っ直ぐ詠む歌の輝きはどうだろう。まさに青春の絶唱である。熱い歌だ。息も詰まるような接吻のさなかに互《かたみ》に思う。「死せ果てよいま」と。いやいまみても文句なしの名歌ではなかろうか。この性の歓びと、空の青、海の煌めき。ここで唐突にもあの有名なジョルジュ＝バタイユが想起される。「エロティシズムとは死におけるまでの生への称揚である」（『エロティシズム』澁澤龍彦訳）

ところで「接吻」について。おなじ車前草社社友、三木露風の同年発表の詩「接吻の後に」（「文章世界」明四一・四）がある。

「眠《ねむ》りたまふや。」／「否《いな》」といふ。
皐月《さつき》、／花《はな》さく、／日《ひ》なかごろ。
湖《うみ》べの草《くさ》に、／日《ひ》の下《もと》に、／「眼閉《めと》ぢ死《し》なむ」と／君《きみ》こたふ。（『廃園』明四二）

ここでもまた白昼の交情なること、「眼閉ぢ死なむ」という死の想念、どことなく両者は近似している。いまここで影響関係はさておこう。しかしやはり接吻の一線までが、文学全般の春色表現の、ときの許容の範囲だったのだろう。海と、恋と。さらにまたこの光景のつながりから、いやどうしても想起されるのである。

明治三十七年（一九〇四）盛夏、安房根本からほど近くにある安房富崎村布良《めら》（現・館山市）の漁村。そこに海景を求めて訪れた画家がいる。それは青木繁（一八八二〜一九一一）である。青木は、外光派の画家仲間、森田恒友、坂本繁次郎、くわえて恋人福田たねを誘いあわせ、制作旅行と洒落込む。そうしてこの浜に滞在中に名作「海の幸」（重要文化財）、「帆船」を素描することになる。どんなものだろう、そこになにか偶然ばかりでなく共振しようものが、あったのではないか。

しとしとと潮の匂ひのしたたれり君くろ髪に海の瓊《に》をさす

「瓊」は、赤色の玉。さながらこれなどあの名画「わだつみのいろこの宮」（明四〇）の玉依姫を浮かべさせるようではないか。さらにはまた青木繁が没してから一年後の夏のことである。牧水は、つぎのように詠んでいるのだ。

死にゆきしひとのゐがける海の絵の青き絵具に夏のひかれる　（『死か芸術か』）

これはあきらかに青木の「海の絵」であるとおぼしい。牧水は、じつはさきに『死か芸術か』の表紙に青木の絵を使いたい旨を版元東雲堂書店、西村辰五郎に二度にわたり伝えているのだ。「紙表紙で、青木繁氏の絵を三色版にしたのを一枚か二枚入れて」（明四五／大一・五・一三）、「海の底から海の妖女が三人めい〳〵泡を懐いて海上に浮き出でようとしてゐる絵、それが一番望ましいのだ」（同、九・八）と。それはあるいは「黄泉比良坂《よもつひらさか》」であったろうか。しかしなぜかそれが叶わなかったようだ。

牧水は、それはさて安房根本行きから一ヵ月もたたず、春効に宛て書くのだ。「徒らに酔ひ徒らに笑ひ徒らに喜ぶ奥の底に沈んで居る痛切な悲哀はなか〳〵に説明が出来にくい」（明四一・二・一）。
さらに日を経て書きつぐ。
「僕は君或る一人の女を有《も》つて居る、その女をいま自由にして居る、また、されて居る、
恋といふものださうだ、こんな状態にある両個男女間の関係を、
なんといふ寂しいものだらう、
…………
僕は君、これは真面目な話だが、もういつそのこと結婚して了はうかと思ふ」としてこう言い添えてもいる。「一言を附す、女は極めて平凡の方なり」（同・四・一四）
すでにして苦しみが始まっている。このことに関わって大悟法は前掲書でこう洩らしている。「不幸はそこに胚胎していた。それに彼女は小学校を出たか出ないかという程度で、芸術的な教養などはなく、歌については何の関心もなかったから、従って歌人牧水に対して真の理解のあり得ようはずがなかった」
こうなると易しくはない。あえていうなら学歴教養はなくもがな、だけど歌心だけは、こればかりは歌人牧水ならのぞもう。だがそれが叶えられない。
恋する人が歌を解さない。だんだん現実に齟齬をきたす。歌が命の男は何とする。いきおい関係は複雑になってくる。

小枝子。素性の不明なる惑乱の女人。小枝子は、ここでふたたび強調しておけば、繁少年が幼時に濡草鞋なる他国者に空想した「世間といふもの」と「海といふもの」の、いうならば化身だったのだろう。いやまだまだ苦しい恋の迷い旅はつづくのだ。

恋の闇路

ここまで惑乱の女人小枝子の登場をみた。いままだ若い牧水は恋の闇路を踏み迷っている。

明治四十一年（一九〇八）、二十三歳。四月、小枝子と多摩丘陵の百草山へ。

いざ行かむ行きてまだ見ぬ山を見むこのさびしさに君は耐《た》ふるや　（『独り歌へる』以下）

七月、早稲田大学文学科英文科を卒業。同月、第一歌集『海の声』を生命社（牧水のたち上げた名前のみの出版社）より自費出版。自序に記す。「われは海の声を愛す。潮青かるが見ゆるもよし見えざるもまたあしからじ。遠くちかく、断えみたえずみその無限の声の不安おほきわが胸にかよふとき、われはげに言ひがたき悲哀と慰藉とを覚えずんばあらず」

就職もしていなければ、出版費用も生活費も、仕送りたよりだった。八月初め、苦しい思いを抱いて、同窓の歌人土岐善麿と軽井沢に遊ぶ（参照「秋草の原」）。帰路ひとりで碓氷峠を越えて妙義山

（二一〇四メートル）に登る。ときの浅間眺望詠をみよ。

八月の初め信州軽井沢に遊びぬ、その頃詠める歌

火の山にしばし煙の断えにけりいのち死ぬべくひとのこひしき

愛する人よ、いつとなし火の山は浅間の煙が断えているのを、仰ぎみるにつけ切ないかぎりにも、いつかこの命も消え失せる刻がこようか、の謂。ときにまたこんな歌もみえるのである。

大ぞらに星のふる夜を火の山の裾に旅寝し妻をしぞ思ふ

いやこんなふうに小枝子を「妻」とまで呼ぶほど熱く盲目的になっていようとは。牧水は、ところでこの旅以後も多くしばしば浅間山（二五六八メートル）を巡ることになる。それはじっさいに「火の山」が好きなこともある。のちにこのように書いているのである。

「火山の煙を見ることを私は好む。

あれを見てゐると、「現在」といふものから解き放たれた心境を覚ゆる様である。心の輪郭が取り払はれて、現在もない、過去もない、未来もない、唯だ無限の一部、無窮の一部として自分が存

在してゐる様な悠久さを覚ゆる」（「自然の息　自然の声」）

それはしかし、このときばかりは「「現在」というものから解き放たれた心境」にはなれなかった、のではないか。帰京後、九月上旬、恋人と一緒にいたいが、大学卒業（当時は七月卒業）なって親許へ帰省しなければ。でその途の船上で恋の亡者は詠うのだ。どうやらこの歌で小枝子は「安芸」（広島西部）の出とみられる。

瀬戸にて

恋人のうまれしといふ安芸の国の山の夕日を見て海を過ぐ

なんともどうにも恋狂いはやまない。しかるにこのとき帰省して対座した両親はどうだったろう。これがふたりとも白髪というのである。

故郷にて

父の髪母の髪みな白み来ぬ子はまた遠く旅をおもへる

一人《いちにん》のわがたらちねの母にさへおのがこゝろの解けずなりぬる

みればみるほどに親の老いはあらわだ。それなのに聞く耳をもたぬ放蕩息子はまるで上の空よろしいか。いっときたりも家に留まっていられない。このさきまだ小枝子との間がもつれて、死ぬの、殺すの、というような絶望的な苦しみがつづく。牧水は、いつとなし恋の成算を決意するにいたる。

別るゝ日君もかたらずわれ云はず雪ふる午後の停車場《ていしゃば》にあり
別れけり残るひとりは停車場の群集《ぐんじゅ》のなかに口笛《くちぶゑ》をふく

それは逢いたい、だが逢えば、いつも諍いあう。なかなか、どうしても別れように別れられない、のである。

明治四十二年（一九〇九）、二十四歳。前年秋から詩歌の総合誌「新文学」創刊を企図。原稿を諸家に依頼し入手するも資金難のため余儀なく断念の憂き目に。なかには与謝野晶子、高浜虚子の寄稿もあった。一月末から二月中旬まで外房布良の海岸へ。

一月より二月にかけ安房の渚に在りき、その頃の歌
やまひには酒こそ一の毒といふその酒ばかり恋しきは無し
けふ見ればひとがするゆゑわれもせしをかしくもなき恋なりしかな

耳もなく目なく口なく手足無きあやしきものとなりはてにけり

四月、徴兵検査を受け不合格。七月、中央新聞社社会部に入社するも五ヵ月で退社。この年もまだ恋の成算ならず暗く物狂おしく身を苛む。

山奥《やまおく》にひとり獣《けもの》の死ぬるよりさびしからずや恋終りゆく

いづくへ行くや

明治四十三年（一九一〇）、二十五歳。一月、第二歌集『独り歌へる』刊行。自序に記す。「私は常に思つて居る。人生は旅である。我等は忽然として無窮より生れ、忽然として無窮のおくに往つてしまふ。その間の一歩々々の歩みは実にその時のみの一歩々々で、一度往いては再びかへらない。私は私の歌を以て私のその一歩々々のひびきであると思ひなして居る。言ひ換へれば私の歌はその時々の私の命の破片である」と。そうして昂然と「自己即詩歌、私の信念はこれ以外に無い」と断言している。

しかしそのさきはこの集を『みづからを弔ふ歌』と題しようとしていたのだ。それほど暗かったのだ。三月、牧水編集の詩歌総合誌「創作」発刊、旧く狭い詩歌の世界に新風を吹き込む（同誌は翌秋休刊、大正二年復刊）。四月、先行二歌集に新作を加え、第三歌集『別離』刊行。この一集で歌人としての声価を決定づける。ここでは新作のうちこの一首をみたい。

独歩氏を悼む

いづくよりいづくへ行くや大空《おほぞら》の白雲《しらくも》のごと逝きし君はも　（『別離』）

国木田独歩（一八七一～一九〇八）、明治四十一年六月二十三日、死去。独歩は、牧水にとって自然観の形成の上で大きな影響を受けた作家の一人である。牧水には、独歩の『武蔵野』（明三四）を携えて武蔵野を歩いた小品「武蔵野」（「延岡中学校友会雑誌　第五号」明三九・三）がある。そうして詩「山林に自由存す」であった。

山林に自由存す／われ此句を吟じて血のわくを覚ゆ／嗚呼山林に自由存す／いかなればわれ山林をみすてし

あくかれて虚栄の途にのぼりしより／十年の月日塵のうちに過ぎぬ／ふりさけ見れば自由の里は／すでに雲山千里の外にある心地す　（「山林に自由存す」『抒情詩』明三〇）

なんという素晴らしい宣言ではないか。自然を志向するものなら誰もがみなこの一行に胸打たれるはずだ。山林自由宣言、きっと延岡中学校の繁少年も漢文訓読調の記念碑的フレーズを「をちかたの高峰の雪の朝日影／嗚呼山林に自由存す」とひとり朗誦しつつ渓歩きしたろう。

山林自由の郷へ入らん。と、どれほど独歩を傾倒したか以下の書簡をみられよ。

「私は独歩先生に由つて僅かながらも「われ」といふもの丶存在を知らむと志し、「自然」といふものゝ消息をうかゞはんと思ひ立つを得たのです。私はそれを無上の幸福と存じてゐます」（石井貞子宛　明四二・五・二二）

「いづくへ行くや」、これはむろん故人の魂のゆくえに思いはせてのことだが、ひるがえって、またおのれの恋の闇路のあてどなさを含んでのことでないか。ただもう踏み迷う途は暗いばかり。ところで「山林に自由存す」という。そこで脚を止めよう。それはそう、東京に住みながらほとんど東京の歌がみられないという、おかしさだ。ランダムに挙げてみよう。

人どよむ春の街ゆきふとおもふふるさとの海の鷗啼く声　（『海の声』）
身もほそく銀座通りの木の蔭に人目さけつつ旅をおもひき　（『路上』）
夕ぐれの街をし行けばそそくさと行きかふ人に眼も鼻もなし　（『独り歌へる』）

あけくれ
われと身のさびしきときに眺めやる春の銀座の大通りかな　（『砂丘』）

「街」と「銀座」を詠む四首を選んだ。しかしながらいかがなものか。前の二首、雑踏する「春の街」で「鷗啼く声」をおもい、「銀座通り」で「旅をおもひき」という。後の二首、ただもう自身の孤影が際立つばかり。まさに、心ここ都心に有らず、なりだ。それでこのことのつながりで周囲をみたらどんなぐあいか。ここで挙げるべきは「パンの会」であろう。おおかたの辞典には以下のようにある。

明治四十一年末、「スバル」系の詩人・歌人、北原白秋、木下杢太郎、吉井勇らと、美術同人誌「方寸」周辺の画家、石井柏亭、山本鼎、森田恒友らが、文学と美術との交流を企図、パリのカフェに倣い、芸術家らが集い合った懇親会。翌年、帰朝組の高村光太郎、上田敏や永井荷風らも参会し、耽美派のメッカの観を呈する。とまれその代表的作品の一つ白秋の詩「銀座の雨」をみられよ。これがいかに牧水と似つかわしくない華美の景であることか。

黒の山高《やまたか》帽、獺虎《ラッコ》の毛皮、／わかい紳士《しんし》は濡《ぬ》れてゆく。／蝙蝠《かうもり》傘の小《ち》さい老婦《らうふ》も濡れてゆく。／……黒の喪服《もふく》の羽帽子《はねばうし》。／好《す》いた娘《むすめ》の蛇目傘《じやのめがさ》。
（『東京景物詩』大二）

「パンの会」ここに牧水の名前はない。あっていいはず、いやむしろ、あるべきところ、なのだけど。なぜないのか、はっきりと、それはお呼びでない、そんなこと、だからである。牧水はという と、「街」とも、「銀座」とも、無縁なままだと。
それはさて、いったい狂おしい恋のゆくえは、どうなろう？

眼の無き魚

海底《うなぞこ》に眼《め》のなき魚の棲《す》むといふ眼の無き魚の恋しかりけり　（『路上』以下）

「眼の無き魚」牧水は、もの狂おしく、ひたすら酔い狂い酔い潰れるのだ。

たぽたぽと樽《たる》に満ちたる酒は鳴るさびしき心うちつれて鳴る
なほ耐《た》ふるわれの身体《からだ》をつらにくみ骨もとけよと酒をむさぼる
酒のためわれ若うして死にもせば友よいかにかあはれならまし

こんなあんばいでは身体ばかりか、はたして身上をつぶしてしまおう。というところでいったい糊口のほうは、というか生活はいかがなぐあいだったか。

われ二十六歳《にじふろく》歌をつくりて飯《いひ》に代ふ世にもわびしきなりはひをする

歌集『別離』が好評裡に迎えられ、石川啄木の『一握の砂』と並んで、青年らの熱い支持を得ていた。部数は明らかでないがベストセラーなみに数版か重ねたといわれる。だけどいうまでもないが「歌をつくりて飯に代ふ」などとはわびしさのきわみ。牧水は、たしかによく歌作に邁進すること、こののちもほぼ一年に一冊のペースで律儀に歌集をだしてきた。だがもとより歌集にかぎっては売れたとしても微々たるものだ。とてもでないが「なりはひ」とはいえるものでない。くわえて新聞などでものする選歌、雑文などの稿料もまたごく僅少でしかない。しかしどんなに懐中が寒くとも、しぜんに草鞋を履いてしまっている。

六月中旬、甲州の山奥なる某温泉に遊ぶ、当時の歌

山山のせまりしあひに流れたる河といふものの寂しくあるかな
わが小枝子《さえこ》思ひいづればふくみたる酒のにほひの寂しくあるかな

「河」も、「酒」も、「寂しくあるかな」。牧水は、なんともなんと小枝子との結婚のために借家まで用意していたのである。それなのにいよいよ恋はどんつきというのだ。八月頃、とうとう恋愛が破綻に瀕し、極度に憔悴し切ることに。あげくが「創作」の仕事が滞りがちになり、とうとう編集を後任に委ねるしかないしだい。ついてはその苦悶から逃れ漂泊の旅に出る決意を固めるのである。

九月初め、牧水は、「とにかく浴衣一枚で東京を逃げ出して」山梨県東八代郡境川村（現・笛吹市）在の大学時代の知友、俳人飯田蛇笏《だこつ》（一八八五〜一九六二）邸山廬庵《さんろあん》に十日ほど滞在。牧水は、この折に蛇笏に上京を勧めるも、この地で根付き生きると宣明したと。牧水は、ときによりつよく自身をかんがみ濡草鞋者なることを意識したことであろう。山廬庵を辞し、甲斐から信州へと歩き、二ヵ月余り小諸の歌友が務める病院で静養（参照『若山牧水　さびし　かなし』田村志津枝）。じつはこの旅にあって詠んだのが、これまた知られた歌なのである。

九月初めより十一月半ばまで信州国浅間山の麓に遊べり

かたはらに秋ぐさの花かたるらくほろびしものはなつかしきかな

白玉《しらたま》の歯にしみとほる秋の夜の酒はしづかに飲むべかりけれ

「ほろびしものは……」、いやほんとなんと感涙ものの台詞というものだろう。むろん「白玉の……」は人口に膾炙した酒好きの当方らが愛吟なりだ。牧水は、それほどまで心が沈みきっていたのだ。ひとり山の懐を歩き、踏み迷い行き暮れ、ひとり苦い酒を酌む。ときに歌友太田水穂（一八七六〜一九五五）に宛てた手紙にある。

「あゝ、何だか遠くに来にけるかなのおもひが仰々しく起こつてきさうです、困る、困る、だつてもう一ヶ月の余になりましたよ、これから越後、越中、能登、加賀、若狭……遠い〳〵、行くのはいやですね、それでも碧玉のやうな日本海の浪の破片が眼に浮びます、ちら〳〵雪が降つて寒くて凍えて身体中の声を張りあげて叫んで見たい、そしてばゞもしない赤ん坊になつて東京へ帰りたひものです、命のよごれに耐へません」（明四三・一〇・一三）

そんな「ばゞ（大便）もしない赤ん坊に」だって。それほどまで「命の汚れ」をおぼえていた。しかし牧水、どん底でも、頑健である。

十月末、浅間山登頂。得意げに音信する。「今、絶頂にあり。午前六時廿五分。……。夏雲の如き叢煙《そうえん》、濛々《もうもう》として暗紫色に日光を含みつゝ天に冲《ちゅう》す。また遠く褄《つづれ》の如き焼嶽火山の煙を見る。僕最も頑健。不図山上に東京の人に会ふ以て托す」（「創作」明四三・一二）

「僕最も頑健」であろうが、しかしながら胸の深くはというと、「叢煙、濛々」なるさまか。で、つぎに詠まれる「鷗」であるが、小夜子、それこそ別れよう人であろう。

秋かぜの信濃《しなの》に居りてあを海の鷗をおもふ寂しきかなや

「電留朝臣」

旅と、酒と。牧水は、もとよりこの二つに身をあずけるような血に生まれついてきた。旅については、濡草鞋であれば、説明用無しだろう。酒となると、これも母マキの愛酒ぶりにおよんだ。またそれにとどまらず祖母カメが大変なウワバミだという。さらになんとも祖母の血を継いだ父立蔵が酒で命を落としているのだ。このことでは身内は七歳上の従兄若山峻一の一文をみられたい。

「彼の酒を好んだのは、彼自身のせいといふより《ママ》か、彼の父母血統が酒を飲ましめたといふ方が遥かに当つてゐる。私たちの系統は飲まなければならないやうに仕組まれてあるのである。前にもちよつと言つたが、彼の父、私の父共に酒の虫であつた。此の兄弟が一度逢へば三日でも四日でも喧嘩しつゝ飲み続ける傾向を持つてゐた。……。私達も三回か四回ではあつたが、五日か六日、最も長かつたのが八日間、飯粒を用ふることなしに朝から夜おそくまで飲み続けた」（「牧水について」「創作　若山牧水追悼号」昭三・一二）

旅と、酒と。ほんとなんとも因果なることにも。ふたつともあえていえば牧水のＤＮＡにインプットされたものである。どちらが欠けてもその歌はなかった。それをさらに決定的にも耽溺させたのは小枝子との道行きであった。
四十四年（一九一一）、二十六歳。早春、母の急篤の報が入る。しかしながら帰るに帰られないのだ。

ふるさとの美美津《みみつ》の川のみなかみにさびしく母の病みたまふらむ
病む母よかはりはてたる汝《なれ》が児を枕にちかく見むと思ふな

それはさて。三月、小枝子が離京してその五年余りの煉獄愛のごとき関係に終止符がうたれる。だがそれでもって恋情が霧散したわけでないのだ。なおむしろ胸内に深く鬱屈するのである。小夜子が東京を去った日に出した手紙にある。
「昨夜は特別へヾレケに酔つぱらつて、本郷のどこだか知らないが路傍に睡つてゐた所を巡査に見つけられて、君の門口まで連れて行つて貰つたのであつた。とめて貰ふつもりで。それからまたひよろひよろりと歩いて帰りかけて、また水道橋でお巡りさんにつかまり、その世話で近所の宿屋を起して、泊つて来た、二時半だつた相だ。悲哀だよ。……。五年来のをんなの一件も、とう／＼かたがつくことになつた、連れられて郷里へ帰るのだ相だ、……」（平賀春郊宛　明四四・三・一四）
忘れよといっても……。こののちも去った恋人への想いはその生涯にわたり心底に潜むことになる。忘れられっこない……。

五年《いつとせ》にあまるわれらがかたらひのなかの幾日《いくひ》をよろこびとせむ

牧水は、荒れた。この頃、どうしようもなく酒にひどく溺れることが多かったのである。酔っぱらって線路に寝込み、電車を留めて「電留朝臣《でんとめあそん》」の綽名を頂戴している。ここでついでながらいま一人の「電留朝臣」を紹介しておこう。それは種田山頭火《さんとうか》（一八八二〜一九四〇）である。山頭火は、大正十三年（一九二四）暮れ、おなじように泥酔して電車を急停止させている。でこれを機に禅門に入るのだが。だがむろん断酒ならなく酒乱はやまない。

牧水は、荒れに荒れた、滅裂に。

かなしくもいのち暗さきはまらばみづから死なむ砒素《ひそ》をわが持つ
わが部屋に生けるはさびし軒の蜘蛛《くも》屋根の小ねずみもの云《い》はぬわれ

「古い皮袋に新しい酒を盛る」

ここからは恋をはなれ、もっぱら歌にかぎろう。

明治四十三年（一九一〇）、『別離』刊行。牧水は、これをもって歌壇に地歩を固めたのである。

ついてはほぼ同期の近い仲間はどうだったか。
まずは白秋である。大正二年（一九一三）、『桐の花』刊行。短歌にフランス印象派風の繊細鋭敏な感覚、官能への陶酔、頽唐味の濃い都市風景、異国情調、江戸趣味などを取り入れ新風を吹き込んで歌人白秋の名を不朽ならしめる。

日の光金糸雀《カナリヤ》のごとく顫ふとき硝子に凭《よ》れば人のこひしき

つぎに善麿である。明治四十三年、ローマ字三行書きの実験的な『NAKIWARAI』を刊行。斬新で醒めた意識で新しい領域を拓く。翌年、石川啄木と交流。社会主義的思想に近接し、都会勤労者、知識人の知的哀歓を歌う。

Ishidatami,koborete utsuru Mizakura wo
Hirouga gotoshi!
Omoiizuruwa.

さらに夕暮である。明治四十三年、『収穫』刊行。同年刊の牧水の『別離』とともに一時代を画し、

「比翼詩人」（太田水穂）と称され、自然主義歌人として脚光を浴びる。のちに自由律短歌に進み主導的役割を果たした。

木に花咲き君わが妻とならむ日の四月なかなか遠くもあるかな

白秋、善麿、夕暮。どんなものだろう。みなさんそれぞれ意匠はちがえ、短歌という「古い皮袋」のなかに、〈近代〉という「新しい酒を盛る」ために、たがいに試行をかさねておいでだ。

いっぽう牧水はというと、そのへんの事情はいかがか。ここまでみてきたが、ほとんどどんな苦労もしてはいない、そのようにいっていい。まったく徒手空拳、無手勝流というか。ほんとうに自然体、それこそ十七歳の日記に記した「天然ノ美ニ酔ヒ、天然ノ美ヲ謳ハムカナ」という宣言通りの「天然」そのもの、牧水節なのである。

それはさて牧水にしても、『牧水歌話』（明四五）、『和歌講話』（大六）、『批評と添删』（大九）、『短歌作法』（大一二）、などなどの著書があるのだ。それがどんなに「天然」なるものなのか。とまれ『短歌作法』をみよ。

「実感より詠め、といふことを先づ大体に於て私は云ひ度い。とりあへずこれを実際に行ふ場合を云ふならば先づ次の二つのことに大別せらるる。

感じた通りに詠め。
感じないものを感じたごとくに詠むことをするな。といふのである。これは云ひかへれば、概念から詠むな、感覚なり感情なりすべて自己の体得したところから詠めといふことに当るのである」

そんな「感じた通りに詠め」だって。これじゃどうしたって歌論といえるものじゃない。このことに関わって「与謝野晶子女史の歌」（『牧水歌話』）なる女史の杜鵑《ほととぎす》の歌を俎上にする一文が浮かんでくる。牧水は、つぎのような歌を引いてのべる。

初夏の玉の洞出《ほらだ》しほととぎす鳴きぬ湖上のあかつき人《びと》に
ほととぎす東雲《しののめ》どきの乱声《らんじょう》に湖水は白き波立つらしも
ほととぎす安房下総の海上に七人ききぬ小女子まじり
ほととぎす海に月照りしろがねのちひさき波に手洗ひ居れば

これらのどれも立派な杜鵑の歌であるが、「余り都合よく景と情の配合が出来上つて居るではないか」としていう。
「私は斯の絵のやうなを嫌ふ。もつと自然でありたい。私も杜鵑を愛する一人だが私の感ずる真実の杜鵑の風情は斯んなお芝居風の平面的のものでない。或人が女史は日本古来の文学の中に出て来る文字上の杜鵑を知つてゐるきりで本当の鳥をば知らないのではないかと云つたことがあるが、或はさうかも知れぬ」と。これもまたおなじ物言いであって「文学の中」のことなどでなく「本当の鳥」をこそただ詠むべしということ。またつぎのような信条ごときはどうだ。

「芸術々々とよく人は言ふ、実のところ私はまだその芸術と云ふものを知らない。断えず自身の周囲に聞いて居る言葉でありながらいまだに了解が出来難い。だから私はそれ等一切の関係のなかに私の歌を置くことが出来なかつた、私は原野にあそぶ百姓の子の様に、山林に棲む鳥獣のやうに、全くの理窟無しに私の歌を咏み出で度い」（『独り歌へる』自序）

ここでいう「芸術」もまた〈近代〉と同語としていいか。いやそんな「理窟無し」というのだ。このことでは白秋の回想にこのようにある。たとえば酒席などで周りが議論なんかを吹っかけると、きまって牧水さんは「どうでもしなはれ、わしや知らぬ」と、ごろりと寝てしまう、と。

第三章　飲んだら死ぬ、飲まずとも死ぬ

〈代理母〉喜志子

明治四十四年（一九一一）七月、傷心の牧水。そこに出現した女人がいる。それは太田喜志子である。喜志子は、明治二十一年、長野県東筑摩郡広丘村（現・塩尻市）、アルプスを北西に仰ぐ山間の農村に生まれた。牧水より三歳下。家は数百年つづく旧家で、躾も厳しく学び、母や姉が歌の心得があり、ごくしぜんに歌を詠むようになった。これだけでも喜志子はおよそ小枝子とは正反対なる女性であることが理解されるだろう。そのちがいは、小枝子が激しい海の女であれば、喜志子は穏やかな山の娘であると、いっていいいか。このとき投稿を通じて師事していた同郷の先輩歌人太田水穂をたより上京していた。牧水は、「創作」創刊時からの寄稿者、水穂宅で初めて女中代わりに働いていた喜志子と会う。

九月、第四歌集『路上』刊行。「我等、真に生きざる可からざるを、また繰返して思ふ」と自序に書く。しかしながらこの前後の生活は荒れ放題の様相をみせるのである。

　　手術刀
しのびかに遊女が飼へるすず虫を殺してひとりかへる朝明け（『死か芸術か』以下）
眼の見えぬ夜の蝿《はひ》ひとつわがそばにつきゐて離れず、恐しくなりぬ
手を切れ、双脚《もろあし》を切れ、野のつちに投げ棄てておけ、秋と親しまむ

女郎屋からの朝帰りに「遊女が飼へるすず虫を殺して」という、また「眼の見えぬ夜の蝿」に追跡される恐怖におぼえると。でもって「手を切れ、双脚を切れ」ともいう。ほんとなんとも、ちょっと狂っている、というほかない。どうすべえか、旅に出る、それしかない。

　　落葉と自殺
秋、飛沫《しぶき》、岬の尖りあざやかにわが身刺せかし、旅をしぞ思ふ

いやなんと「岬の尖りあざやかにわが身刺せかし」とはどうだ。なんともまた激越なる旅への希

求であることか。こんなふうになると、すぐに草鞋を履いて街を背中にする、しかないようである。

落葉と自殺　十月、十一月、相模の国をそこここと旅しぬ、歌

浪、浪、浪、沖に居《を》る浪、岸の浪、やよ待てわれも山降りて行かむ
またもわれ旅人となり、けふ此処のみさきをぞ過《よ》ぐ、可愛《いと》しきは浪

十二月、「やまと新聞」社会部記者となる。しかしながら二十日あまりで辞職とあいなっている。でこのときの出勤姿が濡草鞋よろしいのだ。「紺絣の浴衣に、小倉木綿の白っぽいよれ〳〵になつた袴を穿て、素足に尻切れ草履を引きづゝたものだつた」（生方敏郎「電留朝臣を憶ふ」「創作　若山牧水追悼号」昭三・一二）。なんと京橋にある新聞社に「素足に尻切れ草履」でご出社なると。
四十五年・大正元年（一九一二）、二十七歳。三月末、麻績《おみ》での歌会あり信州へ。

同　信濃より甲斐へ旅せし前後の歌

なにゆゑに旅に出づるや、なにゆゑに旅に出づるや、何故《なにゆゑ》に旅に

そんな狂おしい旅だった。だがときに折しも帰郷中の喜志子と再会。牧水は、唐突に「自分と結

婚してくれないか……」と求婚。翌日、帰京している。

五月、喜志子が上京し同棲。だがなぜそんな急な成り行きになったか？　牧水は、このさきに喜志子に書いている。

「実は私はいま公然と結婚することを好みませんからと（註、喜志子の親との連絡役を頼む太田水穂に）一先づ断つて来ました。私は目下の色々の境遇から、あなたと唯つた二人きりで、日蔭者の生活を送り度いと望んで居るのです。必要上、でもあるのですが、またそれが目下の私の好みでもあるのです、で、ただ何とはなしにあなたにこちらに来て貰つて、誰にも黙つて一緒になつて、寂しい、そして充実した生を営み度いと思ふのです」（明四五・四・二七）

しかしなんとやたらな「日蔭者」的なプロポーズであるだろう。いやはやどうにもいかにも濡草鞋のそれらしくはないか。喜志子は、ときにそれはもう大いに迷ったことであろう。だけどもともあれ悩める男を救う道を選んでいたのである。前の恋人とのこと、仕事の無いこと、家に居着かぬこと、大酒を浴びること。さらにはまた長男であれば家督相続ほかで問題があることも。それらすべて知り抜いて牧水を受け容れたのである。

どうしてか？　喜志子は、自ら歌を詠む。だからいわずもがな牧水の歌の才に深く感服させられてであろう。喜志子は、このとき頷いたろう。そのかたわらにそっと控えて歌の道をささえてゆければ。それにはなにがあっても、その振る舞いに非を鳴らす、そのようなことはすまい、と。

喜志子は、どういうかその根っこを汲んで処することができるような、よくこころえた穏やかで大らかな心のぬしだったとおぼしい。いうならばなにはあれ〈代理母〉たらんとしたのだろう。

牧水は、四月二日、喜志子と再会し求婚、翌日、帰京した。

ここから日月がすこし前後することになる。ときにその十日のち、ある悲報がもたらされた。

啄木の死

明治四十五年、四月十三日、石川啄木、死去。享年二十七。牧水は、その死に立ち会った。いったいどのような経緯があってのことだろう。いやそのまえにふたりの交流をみておくべきか。

四十三年十一月頃、ふたりは初めて顔を合わせている。牧水は、だけどそれ以前から主宰する「創作」誌にしばしば「同君の詠をたいへんに好いていた」として原稿を依頼しているのだ。啄木はというと、じつに同誌第一巻第三号（明四三・五）にはじまり第二巻第三号（明四四・三）まで計七回一三六首をも、発表しているのだ。

四十四年二月三日、牧水は、つづいて啄木を本郷弓町に訪ねている。この日の「啄木日記」にある。「夜、若山牧水君が初めて訪ねて来た。予は一種シニックな心を以て予の時世観を話した。声のさびたこの歌人は、「今は実際みンなお先真暗でござんすよ。」と癖のある言葉で二度言つた」と。

啄木は、このとき腹膜炎を患い病床にあった。でその折に啄木が口にした「時世感」であるが、それはこの一月二十四、五日に幸徳秋水らが絞首刑となった大逆事件のことだ。牧水は、ほかならず恋の病で「お先真暗」であった。なんたる大違いなるか。牧水は、のちに書くのだ。

「机の上には国禁の書が幾つも置ゐてあつた。瘠せていよいよ大きくなつた瞳はあやしく光を放ち、青い火鉢に取り着いた彼の息づかいはいかにも苦しげであつた」（「石川啄木君と僕」）

牧水は、このときにつぎのような病人が歌った一首を浮かべたのではないだろうか。いかにも啄木らしげな。

九月の夜の不平
時代閉塞《じだいへいそく》の現状を奈何《いか》にせむ秋に入りてことに斯《か》く思ふかな（「創作」明四三・一〇）
誰《た》そ我にピストルにても撃てよかし伊藤の如く死にて見せなむ

この「伊藤」とは、初代韓国統監、伊藤博文。明治四十二年、ハルピン駅で朝鮮民族主義活動家の韓国人安重根に暗殺された。

五月一日、牧水は、また啄木日記に登場する。「夜には若山君が来て十時近くまで話して行つた。若山君は誰にも愛される目をしてゐる。ミミズの話をきいた」。牧水は、ときに「創作」七月号巻頭に載せる長詩（註、自由詩）の寄稿を依頼した。啄木は、これに応え「はてしなき議論の後」と題する九つの詩を書きあげ、同誌に六篇を発表。牧水は、ここに啄木詩の最高傑作の産婆役を果たす。啄木は、これをもって第二詩集『呼子と口笛』の出版を構想するにいたる。

牧水は、さらにその秋にまた「一二度訪ねて行つて」として書いている。啄木が「僕は君の頑強な身体が羨ましくてならぬ、と枕から僕を見上げて心から羨ましさうに云ひ云ひした」と。

そして啄木危篤の二日前、牧水は、啄木を見舞うのだ。病人は、このとき枕許の小さな薬箱を指さしていう。「この薬を飲めば病気は治るのだが買う金がない」と。牧水にはむろん、持ち合わせなく、心当たりをたずね歩くものの、工面できない。それで戻って机の上を見るとなに、そこに歌稿「一握の砂以後」（没後刊行『悲しき玩具』明四五）がある。ですぐに土岐善麿を介して「創作」発行元の東雲堂書店に掛け合わせ二十円を借りて薬代に当てた、と。歌集の冒頭に載る一首が酷薄だ。

呼吸《いき》すれば、
胸《むね》の中《うち》にて鳴る音《おと》あり。
凩《こがらし》よりもさびしきその音《おと》！

啄木と、牧水と。いったいなんで、どうしてウマが合ったものなのか、よくわからない。このことに関わって、まことに舌足らずにも、こちらは思うのだ。

硬貨の裏表。そのようにふたりの歌風、心身もあったのでないか。義憤調と、放胆風と。腺病質と、脚自慢と。

牧水は、いわずもがな啄木とはちがって、あくまでも牧水でしかない。バックボーンからもあきらかに、ノンポリよろしかっただろう。であればいうところの社会とは距離感ありとされがちだ。だがそこは欄外者たる濡草鞋なのである。ごくごくしぜんに主義者との交流もあったのである（参照「闇を行く心」、および荒畑寒村『自伝』）。このことに関わってつぎの歌をここに挙げておこう。

虚無党の一死刑囚死ぬきはにわれの『別離』を読みゐしときく（『路上』）

おそらくこの件は啄木から直に耳打ちされたか。あるいはそれとはべつに土岐善麿からもたらされたのやら。善麿は、じつは大杉栄や荒畑寒村と親交があった。牧水、それにしてもこの一首を歌集に収録しているのだ。これはこのときの検閲をおもえば大胆なのか無知なのかしらず不敵なものではないか。

啄木、死す。牧水は、しめやかに悼むのである。

落葉と自殺　四月十三日午前九時、石川啄木君死す。

初夏の曇りの底に桜咲き居りおとろへはてて君死ににけり
午前九時やや晴れそむるはつ夏のくもれる朝に眼を瞑《と》ぢてけり
君が娘《こ》は庭のかたへの八重桜散りしを拾ひうつつとも無し

反近代人（?）

友は、逝く。生き残ったからには、とまれ、生き延びねばならぬ。
五月、「創作」に代わる歌誌「自然」を創刊する。しかし経済的に行き詰まり一号で廃刊となる。いやなんとも次号に啄木追悼号を予定していたのに！
さて同月には、親にもあかさず形ばかりながら、喜志子と夫婦として、市外内藤新宿に転居する。
牧水は、これをもってひそかに、好き勝手に生きてこそ宜しいとの証文を授かったような、あんばいとおぼえたか。こうなるともう妻に後をまかせきり、どこへとなく旅の空にありつづける。ほんとうに濡草鞋者、天真爛漫もよろしい。なんともこの頃の作がふるっている。

かなしき岬
うら若き越後生れのおいらんの冷たき肌を愛《め》づる朝かな

お女郎屋の物干台にただひとり夏の朝《あした》を見にのぼるかな

いや脳天気というか、まあ御機嫌なものだ。喜志子は、じつをいうとこのときに遊女の着物を縫う賃仕事をしているというのに。そしてそれだけでなく新婚生活が始まった五月末に早速、三浦三崎に旅立っているのである。むろん一人きりで。このときの作をみられよ。まったく新妻もどこに、これまた濡草鞋なれば股旅的というか、ちょっと形容しがたい。

同　五月の末、相模国三浦半島の三崎に遊べり

旅人のからだもいつか海となり五月の雨が降るよ港に

ところでこの歌に立ち止まってみたい。いやなんともそんな「からだ」が「海となり」とはどういうこと？　ここには牧水独自の自然感受があろう。自然との間にある隔壁、それをおぼえるのが近代人であるとしよう。ところがこの魂は〈近代〉に毒されていない。ほとんど天然なるまま。あえていうならば主客一如の反近代人（？）でしかないのだ。だからそれこそ自然にもなにものにも、ごくごくしぜんに、それこそたやすく一体となりきれるのだ。このことに関わってつぎのような言をみておこう。

「我がこころゆく山川草木に対《むか》ふ時それを歌ふとき、山川草木は直ちに私の心である。心が彼等のすがたを仮《と》つてあらはれたものにすぎぬ」（『牧水歌話』）

ついでながら、いまここでその点にしぼってみる、とどうだろう。はたして同時代で牧水により近くある詩歌人の名前となると？　するとどうしたって、それは高村光太郎（一八八三～一九五六）のほか、いないのではないか。

光太郎は、大正十三年（一九二四）、四十一歳。六月、奥上州の山域を探訪する。そうしてこのように詠んでいるのである。

工房より

熊いちご奥上州の山岨《やまそは》にひとりたうべてわれ熊となる
しづかなる我にはあれど人界を去ればたちまち山風にのる
正直にまをせばかかる荒山に棲む四足のわれは族かも
今おもふ人のことこそをかしけれけものとなりて湯にひたる時　（「明星」大一三・一一）

「熊となる」、「山風にのる」、「四足のわれは」、「けものとなりて」。光太郎、いやなんと、ほんとう稀有な「猛獣篇」風、反近代的なるかな、ではないか。

というそれぐらいにして牧水にもどることにしよう。つぎにみる歌ではさながら、身も心も、そっくり「酒」になりきり。なんとなしどこかそんな酒霊みたくあるようでないか。

真裸体《まはだか》に青浪の中にもまれ来て死にしが如し酒を飲みてむ

六月、三崎から帰って旬日もなく、多摩川の上流、御岳《みたけ》山に遊んでいる。でなんともその折に別れた「古恋人」小枝子を想って涙にくれていると。

同　六月末、多摩川の上流なる御嶽山に登りぬ
頬《ほ》につたふ涙ぬぐはぬくせなりし古恋人《ふるこひびと》をおもふ水上《みなかみ》

いけしゃしゃあと、したものである。これをみるにつけ、むしろ泣きたいのは妻のほう、であったはずでは。牧水は、天然だ。ほとんどまったく包み隠すことなどしない。あっけらかん、あけっぴろげ。喜志子は、当然、これらの歌をすべて読んでいる。しかし草鞋を履く牧水を止めない。いやつぎの歌をどう読んだらいい。

汝《な》が夫は家にはおくな旅にあらば命光ると人の言へども　喜志子（『筑摩野』）

汝が意志を……

七月、牧水は、父が中風で倒れ半身不随の重篤の報に接する。そこで喜志子を実家に帰して、単身、四年ぶりに帰省するのだ。ゆっくりと船が細島港に近づいてゆく。かつてつぎのように詠んだ夢にもよくみる、尾鈴の山影が、だんだんと大きく望まれてきつつある。

母恋しかかる夕べのふるさとの桜咲くらむ山の姿よ　（『海の声』）

というところで急がずとどまろう。そうして故郷の山と母のつながりで、いまこの歌人の歌を並べることにする。するとどのような違いがみえるか。

それは斎藤茂吉（一八八二〜一九五三）である。

蔵王山

死にしづむ火山《くわざん》のうへにわが母の乳汁《ちしる》の色のみづ見ゆるかな　（『赤光』）

茂吉の故郷は、山形県南村山郡金瓶村《かなかめ》（現・上山市）である。「死にしづむ火山」とは、死火山である産土《うぶすな》の山蔵王。「しづむ」には、静まるという謂もふくもう。蔵王頂の荒涼としたお釜と呼ばれる火口湖の水面。そこの深い濃緑の水を「わが母の乳汁の色」とする。茂吉の母恋は、いささかも牧水におとらぬ。それにつけてもこの二つの母恋の歌を並べてみるとどうか。ことこれだけでも互いに大きく趣を異にするのがわかるだろう。

いまここでとりあえず例証は省いていってみよう。茂吉は、歌をひたすらなる「生のあらはれ」ととらえ、万葉語を自由に駆使し生命感の横溢を重厚に詠んできた。牧水は、いっぽう端折っていえば、茂吉の荘重体と遠くあること、もっぱら、朗誦的の詠草を旨としている、と。それぐらいにしてあとは読者に委ねてさきへゆこう。

帰省。それからなんとこのときの滞在たるや翌年六月までの長期におよぶことになろうとは。九月、第五歌集『死か芸術か』刊行。

それはさてどうする。貧しくとも東京で歌を究めるか。日向で職を求め地道に暮らすか。どうしたらいいのか。牧水は、このとき家に居るに居られず坪谷から美々津港まで度々も脚を伸ばすのだ。権現崎の照葉樹林へ分け入り、日向灘、太平洋を見渡す岬に佇む。連作「故郷」の歌作は煩悶苦渋の連続だ。

壺《つぼ》のなかにねむれるごとしこのふるさとかなしみに壺の透きとほれかし（『みなかみ』以下）

長男なのに生家をないがしろにし、さりとて東京で確たる職に就きもせず、相談もなく結婚しているのである。くわえて「創作」の資金繰りも目途もたたない。いやもう狂おしく苦しかった。家を継ぐよりも、歌を究めたい。牧水は、周りから悪魔のように憎まれた。まさに針の筵の日だった。ことさら母マキの怒りは辛くあった。

われを恨み罵りしはてに噤《つぐ》みたる母のくちもとにひとつの歯もなき
飲むなと叱り叱りながらに母がつぐらうす暗き部屋の夜の酒のいろ

母は、ひたすら家督を継げという。だけども息子は肯んぜない。いや「飲むなと」叱りつつ酒をつぐ母とは笑える。父は、いっぽう重い病で臥している。ところでこのとき病床にあっていかに息子にいったものやら。おそらくこれと、はっきりと特別に一言もなかった、とおぼしくある。立蔵は、どうしようもなく祖父の後を継いで医者にならされたのだ。ほんとうのところは足の向くまま濡草鞋二代目として旅の空にありたかったろうに。だからあえてこの際は黙したことだろう。牧水は、しかし荒れた。でひどい精神の危機の振幅を現すように、この帰郷について詠んだ『みなかみ』一集には、じっさい定型を外れた作歌が目立つのだ。破調の、この歌をみよ。

　　黒薔薇
　納戸の隅に折から一挺の大鎌あり、汝《なんぢ》が意志をまぐるなといふが如くに

それはもう母の失望はいたすぎるほどわかる、しかしながらあのマザコンにしてあくまでも、ぜったいに自分を貫かんとするというのである。「汝が意志を……」。これこそ実母マキに替わる〈代理母〉喜志子が吐かせた台詞であろう。

　思ひつめてはみな石のごとく黙《つぐ》み、黒き石のごとく並ぶ、家族の争論

十一月、父立蔵、長患いのはて、ついに死去。享年六十七。牧水は、のちにこのように父をしのんでいる。「独りで杯を銜《ふく》む時など、私はをりをりこのさびしい寡言の飲仲間を思ひ出すのである。その飲み癖など実にあり〳〵と似通つてゐることを思ひ出す」（「私と酒」）

牧水は、後事の整理ほかがあって、郷里で越年することになる。いまとなっては最良の「飲仲間」が面前にいないのである。なんたる虚脱のきわみ……。

父の死後

この絵のやうにまつ白な熊の児となり、藍いろの海、死ぬるまで泳がばや
きゆうとつまめばぴいとなくひな人形、きゆうとつまみてぴいとなかする

酔樵歌

穴《す》だらけのわが心のその穴《す》この穴《す》に小鳥が眼《め》を出しぴいとなき、ぴいと啼く
じつと忍んで見て居《ゐ》れば、蟇《ひき》が啼く、大きな咽喉をあけて春の日に啼く

大正二年（一九一三）、二十八歳。一月、生家を後にして、そのまま帰京しないで、桜島、佐多岬、などなど風吹くままに、各地に遊んでいる。このとき長野の実家に居る新妻は身重で、出産までに入籍を請う手紙が届いている。しかしながら濡草鞋はというどうしようもない因果者なのである。どうにもこうにも草鞋を履いてしまう自分を止められないのである。

海及び船室　一月初旬より二月初旬にかけ、九州の沿岸を一周せり

飛ぶ、飛ぶ、とび魚がとぶ、朝日のなかをあはれかなしきこころとなり

なにが「飛ぶ、飛ぶ、とび魚が」だって。いやここらが濡草鞋なるとはいえ、ほんとなんと極楽様なろうことか。なにが「あはれかなしき」だって。

貧乏首尾無し

大正二年六月、牧水は、なんとも前年七月より、ほぼ一年近くも留守居して、ようやく帰京、小石川区大塚窪町に居を構える。それがじつはそのさき四月に妻の実家で長男が生まれていたのである。でいかにも股旅の父親らしく旅人《たびと》と名付けているのだ。牧水は、ところでどんな父親であっただろう。まずはこの一首をみられよ。

　夏の日の苦悩
或時《あるとき》は寝入らむとする乳吞児《ちのみご》の眼ひき鼻ひきたはむれあそぶ　（『秋風の歌』以下）

いったいこの「たはむれ」ぶりはどうだろう。ちょっと浮世離れよろしくも脳天気すぎないか。だいたいご本人からしてそれこそ天然ガキがそのままに大人になったような父親というのだ。まるでまったくこんな自分に赤児がいることに自身が納得できないようなぐあいか。

児をあやすとねぢをひねればほつかりと昼の電灯つきにけるかな

などとまあ「児をあやす」のにおろおろ。いやまことにこの濡草鞋パパはというと昼行燈ごときのありさま。だけどどんなものだろう、いったい生計であるが、どうやりくりしていたのか。九月、第六歌集『みなかみ』刊行。

牧水は、縋る母を足蹴にするように、それこそ心を鬼にして、歌人の道を歩み始めたのである。いやたしかにその意気はよしとされよう。しかしながら、いうまでもない。ぜったいぜんたい歌なんぞでは喰えっこないのである。そのことではつぎの歌が笑えてならない。

折しもあれ借金《しやくきん》とりが門《もん》をうつくもり日の家の海の如きに

病院に入りたし

病院に入りたしと思ひ落葉めくわが身のさまにながめいりたる

だがなんでそんな入院したいというのか。ついてはこの頃に友人に宛てた手紙をみられたし。「借金取その他の来訪者が怖く、私はこの一二週間、自宅を出てひそかに下宿してゐます。すぐ隣が病院で、便利もいゝのです」（三浦敏夫宛、大二・一二・一四）

こんなにまで火の車もよろしくある。だけどそれほど意に介してもいない。なおさらこれから旅の空に多くあることになるのだ。すべてを妻に負わせて。子育てはもちろん、それこそ借金取りさんに土下座したりや、些事みんなぜんぶ。

というところで牧水は貧乏をめぐって、のちにこんな面白い小文をものしておいでだ。ちょっとその書き出しと終わりを引いておこう。いやまあノンシャランなものだ。

「貧しとし時には嘆く時としてそのまづしさを忘れても居《を》る
　ゆく水のとまらぬこころ持つといへどをりをり濁る貧しさゆゑに

小生の貧困時代は首尾を持つてゐない。だからいつからいつまでとそれを定める由もない。そんな状態であるために殆んどまたそれに対する感覚といふものをも失つて居る観がある。従つてオイソレとその記憶を持ち出して来ることが困難である」

「然し、どうしたものか小生には実のところ貧乏といふものがさほどには苦にならない。よくよくの貧乏性に生れて来てゐるのか、その時〴〵ですぐ忘れてしまひ得る幸福な性質を持つてゐるのか、その場はとにかく、その前後などを考ふることに於て、さほどには苦にならない。もう歳も歳だし、子供も大きくなつたし、それに三界無宿《さんがいむしゅく》の身で、今少し何とか考へねばならぬのだが、考へるつもりではゐるのだが、どうもまだ身にしみて来ない。おしまひまでこれで押してゆくのかも知れない」

（「貧乏首尾無し」）

「三界無宿」、すなわち濡草鞋者なること！　十月下旬、伊豆下田沖にある無人島神子元島《みこもとじま》に、灯台守として住む早大時代の旧友を訪ねている。

秋風の海及び灯台　下田港より灯台用便船に乗りて神子元島に渡る、一木なき岩礁なりき

船子《かこ》よ船子《かこ》よ疾風《はやち》のなかに帆を張ると死ぬる如くに叫《おら》ぶ船子《かこ》等よ

とびとびに岩のあらはれ渦まける浪にわが帆はかたむき走る

同　その島にただ灯台立てり、看守k—君はわが旧き友なり

語らむにあまり久しく別れゐし我等なりけり先《ま》づ酒酌《く》まむ

友酔はず我また酔はずいとまなくさかづきかはしこころを温《あた》む

前二首、ときに海は大荒れで小さな便船は波に弄ばされた。いやだけどこの子供っぽいほどの得意なさまはどうだ。後二首、むろん旧友への土産は数本の酒瓶という。いやはやなんとも暢気なようすではないか。

十一月初め、下田から天城を回って帰京。帰れば逃げていた金策やらに歩き回らなければ。牧水はというと、酒飲みで一見、楽天っぽくみえる。人付き合いも愛想も良い。それはだが外面だけで

ある。このことでは連作「さびしき周囲」をみられたし。

わが如きさびしきものに仕へつつ炊《かし》ぎ水くみ笑《ゑ》むことを知らず
妻や子をかなしむ心われと身をかなしむこころ二つながら燃ゆ

いつも心ここにあらずの亭主に黙ってかしずき薪水《しんすい》の労をとりつづける妻。喜志子よ、われを許されよ、の謂。なんてほんとまったく勝手気儘なものではないか。

妻子を愛《かな》しむ心と、自身へ傾こぅ心と。「二つながら燃ゆ」るばかりに、あるとはいぅ。だけどもその胸内にはわれは、いま歌人の道を一途に歩まん、というような底意とみられよぅ。どうにもなんとも濡草鞋者であるとは、ほんとうに難儀至極なるものでないか。

残雪行

前章では「貧乏首尾無し」と題して、濡草鞋者のとんでもない生活失格ぶりにふれた。そのことに関わってここで、みてきたように懐中事情はひどいものだ。

それなのに落ち着かずいつも旅をしつづける、それこそもう酒は浴びるほど飲みまくると。むろんそこには好き勝手だけでない用や算段もあってなのだ。あちこちに講演会に出たり、また揮毫会を催したりする。そうして幾許《いくばく》かいただく。さらには主宰誌の支持層を広めるため、各地へ足を伸ばし、交遊を深める要があった。旅に出て、杯を重ねる。これもまあ仕事なのである。それはさて、ほんとうにこの濡草鞋者の勝手気儘ぶりといったらない、のではないか。まったく世の凡人の範囲を超えている。

そのあたりをいま少しみてみることにしよう。牧水は、外面はまあまあ悪くない方であるが、いわずもがな表現者であれば、内面はというと決して良くはない。だいたい家居にあるときは、歌作でうんうんと呻吟しているか、ひねもす深酒をしているかだ。家に金が入らない。幼い児に手がかかる。これではどうしても妻がもつはずがない。その鬱屈の日々の連作「曇日」の一連、「あけくれ」と題して詠んでいる。

貧しさに妻のこころのおのづから険しくなるを見て居るこころ　(『砂丘』以下)

朝に夕べに「妻のこころ」がとげとげしく眉を寄せるようになってゆく。それをそんな「見て居るこころ」とはどういうか。どうにもちょっと冷ややかすぎないか。そのうちやはり妻が伏しがちになっている。

大正三年(一九一四)、二十九歳。三月、「創作」誌友大会を開く。四月、第七歌集『秋風の歌』

刊行。結社としての創作社はできたが、経営難で「創作」誌は十二月号で休刊。十一月末、喜志子心労のため病臥。とこの年はなにかと振るわず。

大正四年（一九一五）、三十歳。三月、腸結核を病む喜志子の転地療養のため、神奈川県三浦郡北下浦（現・横須賀市）に転居する。

三浦半島　病妻を伴ひ三浦半島の海岸に移住す、三月中旬の事なりき

海越えて鋸山はかすめども此処の長浜浪立ちやまず

「鋸山」は、対岸は上総、安房両国を境にする房総丘陵の鋸状の山。妻は病を養い、いよいよ生活は「浪立ちやま」ない。しかしながらこのときの牧水であるが、病む妻といとけない幼児をおいて旅の空、という相変わらずなしだいなのである。この七月、下野より信州へと旅立つ。その折の連作「山の雲」の一連、下野喜連川町に友を訊ね「友と相酌む歌」と題して詠む。

飽かずしも酌めるものかなみじかき夜を眠ることすらなほ惜みつつ

時をおき老樹《おいき》の雫おつるごと静けき酒は朝にこそあれ

このときとばかり短か夜を惜しみ朝まで飲みつづけたのだろう。ここでわたしごとにおよぶと酒飲みの口、なれば「老樹の雫おつるごと」という、朝酒の酔いのよろしさはよくわかる。でつづいて喜連川より信州へ入り蓼科山麓の春日温泉に遊ぶことに。その折の歌が笑える。

山の雲　窓辺遠望

ふくよかに肥えも肥えつれ人怖ぢず真向ふ乳のそのつぶら乳

丈長《たけなが》に濡髪垂らし昼の湯屋出でて真裸体《まはだか》つと走りたれ

なんともなんと温泉宿の窓辺から御婦人の「つぶら乳」「真裸体」を御覧になって御満悦でおいでという。いやはやほんとに脳天気濡草鞋野郎よろしくはないか。

それはさてとして。めずらしくもこの秋から冬にかけては家に居ることになった。なにぶんこのとき妻が病を抱えたうえ腹に児を宿していたのである。十月、第八歌集『砂丘』刊行。十一月、長女みさき誕生。というしだいで鬱勃として家居するものの旅心はつのりつづけた。

大正五年（一九一六）、三十一歳。三月中旬から一ヵ月半、福島、仙台、塩釜、松島、盛岡、青森、五所川原、大鰐温泉、秋田、飯坂、など東北各県を歩くのだ。南国育ちの牧水にはみちのく行脚は夢だった。それがどれほど胸躍るものだったか。連作「残雪行」、そのうちでも最果ての青森での一連がよろしくある（参照「津軽野」）。

青森駅着、旧知未見の人々出で迎ふ
やと握るその手この手のいづれみな大きからぬなき青森人よ　（『朝の歌』以下）
宿望かなひて雪中の青森市を見る
いつか見むいつか来むとてこがれ来しその青森は雪に埋れ居つ
鈴鳴らす橇《そり》にか乗らむいないな先づこの白雪を踏みてか行かむ

「やと握るその手」が、みんな大きくぶ厚いこと。雪が嬉しいのだ、人が暖かいのだ。こうくるといつにもまして、連日連夜、熱烈歓迎、とあいなっているのである。

明けぬとて酒、暮れぬとてまた
酒戦《さかいくさ》たれか負けむとみちのくの大男どもい群れどよもす
たくたくと大酒樽のひもすがら断《た》えず吹雪きて夜となりしかな

「酒戦」とは、酒の飲み競い合戦。「大酒樽」を据えつけて、大盃に「たくたくと」注ぎ、やんやの掛け声とともに飲み干すこと。まったくいまのガキの一気飲みとまるでかわらぬ。

秋田美人
名に高き秋田美人ぞこれ見よと居ならぶ見れば由由しかりけり

「由由し」、などとなんとまた由《よし》ありげではないか。いやほんとまあ良い気なものなること。濡草鞋者、面目躍如。

家居の牧水　苦虫の牧水
大正五年三月中旬から一ヵ月半にわたる、東北行脚を連作「残雪行」を中心にみてきた。初夏、三浦は北下浦村の妻子が待つ療養先の借家へ帰る。あたりまえながら旅が終われば帰るほかはないのだが、戸口に立つ牧水を、ときにいったい家に残された者はどのようにみたものか。やっとのこと旅から戻ったのだが、なんとなし落ち着かないようす。なんだかなかば尻が浮いたようなちぐはぐさ。

夏の歌　自嘲

妻子らを怖れつつおもふみづからのみすぼらしさは目も向けられず（『白梅集』以下）
われと身を思ひ卑しむ眼のまへに吾子こころなう遊びほけたり

「妻子らを怖れ」、「身を思ひ卑しむ」。ふっとおぼえる家にある者らとの間にある見えない膜のようなもの。なんとなしひとりだけ輪の中に入れないようなぐあい。

そんなちょっと被虐的すぎようが、けっして大袈裟ではないのである。家に居なければとなると、濡草鞋者、気が詰まってならないのだ。ひとりぽつんと異邦人さながらに、ほんとどこにも居場所がないのだ。

秋の歌　失題
つきつめてなにが悲しといふならず身のめぐりみなわれにふるるな
とりにがすまじいものぞといつしんにつかまへてゐしこころなりけむ

「みなわれにふるるな」、「いつしんにつかまへてゐし」。いまわたしが歌の道でどれほど悩み苦しんでいるか。牧水は、いかんともしがたく歯痒いまでに、このように抗弁するほかないのである。

それはどうしてか。いわずもがなここにいるのは、ぜったいに彷徨者、すなわち濡草鞋者であって、家庭人ではない、ありえないのはあきらかという。だからなのである。

春浅し　倦怠
梅の花紙屑めきて枝に見ゆわれのこころのこのごろに似て
地とわれと離ればなれにある如き今朝のさびしさを何にたとへむ

同　夜の歌
いつ知らず酔のまはりてへらへらとわれにもあらず笑ふなりけり

「紙屑めきて枝に見ゆわれのこころ」、「地とわれと離ればなれにある」。なんぞなんていやもう空虚このうえなく、「へらへらとわれにもあらず」、というばかりの寂寥さはどうだろう。

それにしてもちょっとばかし穏やかでなさすぎではないのか。まったくこの前書からしてどうだ。「自嘲」「失題」「倦怠」。まあどんどんと佶屈するばかりだ。だけどどうにかしてみんなを食べさせていかなければならぬ。

冬晴　冬の夜
長火鉢にひとりつくねんと凭りこけて永き夜あかずおもふ銭のこと

「銭」。こいつばかりは生きているかぎり付きまとうのだ。妻が病みがちでもって、幼い児がふたりいる。それで「夜あかず」、あれこれと酒瓶を傍らに据え算段しつづける。しかしながらおいそれと埒があくものでないのだ。

こんなふうにずっと塞ぎこみつづけ、となるといきおいどうしてもそちらのほうへ、つまるところは酒とあいなっている。

春浅し　酒

それほどにうまきかと人のとひたらばなんと答へむこの酒の味
なにものにか媚びてをらねばたへがたきさびしさ故に飲めるならじか
酔ひぬればさめゆく時のさびしさに追はれ追はれてのめるならじか

どうだろう、なんともこの酒飲みのおだのあげよう、といったら。飲み助には飲まない理由などはない、こちらもしょうもない淫酒家なればよくわかるが、飲み助には飲むべき理由だけがある。でであればこれらの酒の歌についてはおこう。もっともらしく、しかつめらしく酒談義などはごめん、しらばくれもいい。それこそほんとうに下の下というものだから。

飲んだら死ぬ、飲まずとも死ぬ、そうよ、ならば飲んで死ぬべぇ、なんて。牧水さんときたらもう、へべれけもへべれけ盃をはなさなく飲んでおいでだろう、酩酊もよろしきことに。

いやはやというところだけど、さてどんなものであろう。濡草鞋者、歩く徒はというとほんとうそんな、もうそれこそ片時もじっとして、落ち着いてはいられないのである。このことではっきりと、うべなうほかないのではないか。

歩く徒はただひたすらに、とにもかくにも家に居るのが辛く嫌でいやでならず、旅の空にありたいのである。

冬晴　多摩川

行くべくばみちのくの山甲斐の山それもしかあれ今日は多摩川

第四章　山の懐の深く

渓の奥所

大正五年（一九一六）六月、散文集『旅とふる郷』、第九歌集『朝の歌』刊行。七月、休刊中の「創作」復刊のために、旧同人と回覧雑誌「創作」を始める。十二月、下浦を引き上げ、小石川区金富町に転居する。

大正六年、三十二歳。二月、「創作」復刊。五月、小石川区巣鴨町に転居する。それはもうずっと仕事はしつづけている。だがここにきてどうにもなんとも気持が屈しかげんで背中が丸まったぐあいでいるのだった。するうちにむずむずと歩きの虫が騒ぎだして、なんだか尻を落ち着けていられなくなること。いやもう限界に近くになって、ようやく草鞋を履くときがきた。六月、上州は妙義山へ遊び再度の登頂を果たす。

妙義山　僅かの時間を見てその峰に登りぬ

雲深くとざせる渓の奥所《おくが》よりいよいよ冴えて水の聞ゆる　（『さびしき樹木』以下）

ときに頂から四囲を遠望して願うのだ。よりもっと稜線の深く「渓の奥所」を辿りたいもの、と。そしてもうたまらずその、熱い夢を「渓をおもふ」と題し紡ぐ、ようにしているのである。

身の故にや時の故にや此頃おほく渓をおもふ

疲れはてしこころの底に時ありてさやかにうかぶ渓のおもかげ

何処《いづく》とはさだかにわかねわがこころさびしき時に渓川の見ゆ

渓を思ふは畢竟孤独をおもふ心か

独り居て見まほしきものは山かげの巌が根ゆける細渓《ほそたに》の水

しかしどうしてそんなにも渓が冀《こいねが》われてならないものか。そこらのことはつぎにみる歌を示すだけでよくわかろう。

いろいろと考ふるに心に浮ぶは故郷の渓間なり
幼き日ふるさとの山に睦《むつ》みたる細渓川の忘られぬかも

八月、妻喜志子との合著、第十歌集『白梅集』刊行。同月、前年春の一ヵ月半におよぶ東北行脚「残雪行」から一年半、ふたたび北をめざす。というその旅を追うまえに、さきにここで脚を止めてみたい。じつはさきにも少しふれたが、ここらからの旅について。おかしな言い草ではあろうが、牧水の旅の仕方が、先輩の俳人を手本に、というか少し倣っているようなのだ。

それは河東碧梧桐《かわひがしへきごとう》（一八七三～一九三七）である。虚子と並ぶ子規門の双璧だ。ここで挙げるのは碧梧桐の代表的著作『三千里』（明四三）、『続三千里』（大三）である。

これはそのさき当時の俳句投稿欄で人気の新聞「日本」紙上に「一日一信」と題した連載を書籍化したものだ。ちなみに書名は『奥の細道』の「千住といふ所にて船を上がれば、前途三千里の思ひ胸にふさがりて」とある「三千里」から得ている。

なんとこの旅はというと、明治三十九年（一九〇六）八月六日から、いっときの中断をはさんで、四十四年七月十三日まで、二年と八十一日。じつに合計三年六ヵ月と二十九日の大長征という。

牧水は、おそらくこれは気にとめて読んでいたろう。それについて典拠となるかどうか、のちに牧水編集の「詩歌時代」創刊号（大一五・五）に碧梧桐句が載ることだ。牧水は、モットーとして自分の好む作家に寄稿を求めたというから。

牧水、いつとなし秘かに「三千里」、否、「三万里」への想いをだいていた……。ところで碧梧桐はなぜまた、このような大長征にのぞんだか。じつはこの挙にあたって同紙にこのように書いている。ここによくその思うところが語られていよう。

「誰も知るやうに天下は子規といふ太陽を失うて漸《やうや》く方向を迷ふ場合であつた。……。予の微力固《もと》より何の効験があらうとは信ぜぬ。併《しか》しこの萎靡《ゐび》した生気を発奮するのが予の当然の勤めである如く感じた。生気発動して始めて俳句の天地である」

子規の没後四年、碧梧桐は三十四歳。俳句革新の原点に立ち返り「萎靡した生気を発奮する」ために全国行脚し、いわゆる「日本」派の拡大を図るべく各地の門人を訪ね歩くのだ。ついては牧水ならば、これが「創作」拡大の社人訪問となる、という寸法といおう。それでは東北行脚「北国行」をみたい。

八月初め、秋田の歌会に出て、酒田、新庄、最上川、新潟、長野、善光寺と巡る。

汽船にて酒田港を出づ

大最上《おおもがみ》海にひらくるところには風もいみじく吹きどよみ居り

海上鳥海山遠望

あまたたび見むとはすれど陸《くが》のかぎり朝雲這ひて鳥海山《とりみやま》無し

いやなんという大きくたおやかな詠みようではないか。ここでしぜんに想起されるのは、ご当地出身の斎藤茂吉の、つぎのような名歌であるだろう。

最上川逆白波《さかしらなみ》のたつまでにふぶくゆふべとなりにけるかも　（『白き山』）

ここにして浪の上なるみちのくの鳥海山はさやけき山ぞ

最上川は、言わずと知れた山形県を流れ下る、日本三大急流の一つ。鳥海山《ちょうかいさん》（二二三六メートル）は、山形県と秋田県の県境に位置する活火山。その姿から鳥海富士、出羽富士とも呼ばれる。どうであろう、こうして茂吉の歌に並べても、おさおさ牧水の作は劣らない、のではないか。ほんとうに、なんと壮大な一幅である、ことだろう。というところでこれらと、そのまえの家居の苦しいちぢこまった歌と比較してみたら、あまりにちがいすぎよう。歩く徒にとっては、旅は命のいぶきだ。

それはさてこの旅の帰りがけに、長野へ入り広丘村は妻喜志子の実家へ、ようやく足を伸ばしているのだ。結婚から五年、なんとこれが初めての顔見せというのだ。いくらでも行く気なら楽に行けたのに。ここらからもおよそ家庭人らしくないとわかろう。濡草鞋者、歩く徒であればつねに心に浮かんでいるのは旅の空。それがここにきてことに、つよく山の懐の深く渓を探らんと、のぞむようになっている。牧水、渓の児そのまま大人になって歌の道をいそしんできた。それがいたしかたなく家庭に縛られ金の算段をして家に鬱々としていざるをえない。しかもこのところなんと体の調子も悪く禁酒を命じられているというのだ。「秋居雑詠」と題して詠む。まあこれが可笑しさなかば涙物なのである。

罹病禁酒

膳にならぶ飯も小鯛も松たけも可笑《をか》しきものか酒なしにして
ほほとのみ笑ひ向はむ酒なしの膳のうへにぞ涙こぼるる

「酒なし」と、繰り返し、「酒なし」と。でそれでしばらくは禁酒ならなくも節酒ぐらいはしたものか。

十一月、渓行がようやく実現することになる。行く先は秩父渓谷。三泊四日の短い旅だが、なんともこの間百六十首もの多くの歌をものすると。『渓谷集』にそのうち「秩父の秋」と題して九十六首を収載。

十一月のなかば、打続きたる好晴に乗じ秩父なる山より渓を経巡る、その時の歌。

朝山の日を負ひたれば渓の音《おと》冴《さ》えこもりつつ霧たちわたる（『渓谷集』以下）
瀬のなかにあらはれし岩のとびとびに秋のひなたに白みたるかな
山鳩《やまばと》のするどく飛びて樫鳥《かしどり》ののろのろまひて秋の渓晴《たには》る

牧水は、ときにまことに嬉しげに渓歩きを愉しんでいないか。まるでどこかそんな坪谷川を飛び歩く繁少年の日にかえったようにも。さらにこれからなお多く渓を探ることになるのである。そこらはこののちに辿ってゆくつもりである。だけどここでは渓からもどって、すぐあと脚を伸ばした海の旅について、ちょっとばかし覗くことにしたい。

大正七年（一九一六）、三十三歳。一月、二月、伊豆半島、土肥《とい》に長逗留している。「伊豆の春」と題する一連。そこにこんな歌がみえるのだ。

海女（其の二）
髪《かみ》も肩もそのやはら乳も濡《ぬ》れひたり汐のなかにしわらへる少女
口すこし大きしとおもふ然れどもいよよなまめく耐《た》へがてぬかも

これをピーピング行為といっていいか。さきに前章「残雪行」の項で蓼科山麓、春日温泉での同様の歌をみた。いやはやなんとも御満悦なものでないか。だがこのような歌にならんでまたつぎのような作がみえるのである。

妻が許に送れる

たのしみて出《い》でて来しかど楽《たの》しみてけふ居るものとゆめなおもひそ
かきいだき吾子《あこ》と眠《ねむ》れる癖つきてをりをりおもふその吾子がことを

さてこれをどう読んだらいいか。留守居する喜志子にいう。けっしてこちらで楽しんではいない、いつもお前のことを偲んでいる、独り寝におぼえず我が子を抱いている。そんなにまでお前たちが恋しいかぎりなのだから、というぐらいの謂としてとれようか。なんだかちょっと苦しい弁明のような歌とも解せないでもない。

それでどんなものだろう。牧水は、たしかに愛妻家で子煩悩とつたわる（ここであえて引用しないが、妻喜志子も、長男旅人も、長女みさきも、そのように回想している）。それはどれほどかそうだろう。

濡草鞋者、歩く徒であればけっして、家に居られなかったのだ。歩く徒は歩く。これからのちずっと、もうひたすら歩きつづけよう、ほかはないのである。それこそ濡れ潰した草鞋の乾く間もなきに。

酒恋

大正六年、十一月、秩父渓谷行。七年一月、二月、伊豆半島、土肥に長逗留。ここにきて歩く徒はというとその本分をはたすように歩きに歩きつづける。くわえるに相変わらず作歌、文筆ともに旺盛というのだ。五月、第十二歌集『渓谷集』、七月、第十一歌集『さびしき樹木』（事情により刊行順が前後した）、散文集『海より山より』刊行。

同月、京都に遊び、比叡山の山寺に籠もり、さらに大阪、奈良、和歌山を経て、熊野勝浦、那智に行き、鳥羽、伊勢に遊ぶ。この旅では、つぎの「比叡山にて」の一連が出色である。

五月中旬、京都より比叡山に登り山上の古寺に七日がほど宿りて詠める中より。

啼く声のやがてはわれの声かとおもはるる声に筒鳥は啼く　（『くろ土』以下）

わが宿れる寺には孝太とよぶ老いし寺男ひとりのみにて住持とても居らず。

比叡山《ひえいやま》の古りぬる寺の木《こ》がくれの庭の筧《かけひ》を聞きつつ眠る

酒買ひに爺《じい》をやりおき裏山に山椒《さんしょ》つみをれば独活《うど》を見つけたり

その寺男、われにまされる酒ずきにて家をも妻をも酒のために失ひしとぞ。

言葉さへ咽頭《のど》につかへてよういはぬこの酒ずきを酔《ゐ》はせざらめや
酒に代ふるいのちもなしと泣き笑ふこのゑひどれを酔はせざらめや

一首目、筒鳥の「啼く声」を「われの声かと」耳にする。いやなんたる鳥好きのこの共振ぶりだったら。それにしてもこの寺男の孝太（伊藤孝太郎）老爺との触れ合いの濃厚さはどうだろう。牧水は、毎晩、酒で身を持ち崩したこの爺と杯を交わすのだ。

「爺さんの喜び様は真実《まったく》見てゐるのがいぢらしい位ゐで、私のさす一杯一杯を拝む様にして飲んでゐる。斯ういふ上酒は何年振とかだ、勿体《もったい》ない〳〵といひながら、……、／いつか一度思ふ存分飲んで見度いと思つてゐたが、矢つ張り阿弥陀様《あみださま》のお蔭かして今日旦那に逢つて斯んな難有《ありがた》いことは無い、……、この分ではもう今夜死んでも憾みは無い、などと言ひながら眼には涙を浮べて居る。……。／今夜死んでもいいなどといふのを聞いてから、急に斯う飲ませていいか知らと私も気になり出したのであつたが、いつの間にか二本の罎を空にしてしまつた」（「山寺」）

みるとおりこの寺男の孝太爺などはまさに濡草鞋の典型とはいえないか。牧水は、このときそのさきの父立蔵みたくに敗残者ごときを御接待しやまないのである。

それはさて酒が出てくると、歌はむろん、文もまた、なんとも良い調べになる。ところで何事も過ぎるとなると、それこそ孝太老爺ではないが、問題が起きているのだ。ついては「罹病禁酒」の二首をみたが、この頃に「或る頃」と題する酒の歌がある。

　このまゝ酒を断たずば近くいのちにも係るべしといふ、萎縮腎といふに罹りたればなりと。

酒やめてかはりになにかたのしめといふ医者がつらに鼻あぐらかけり

　やめむとてさてやめらるべきものにもあらず、飲みつやめつ苦しき日頃を過す。

癖にこそ酒は飲むなれこの癖とやめむやすしと妻宣《の》らすなり
酒やめむそれはともあれながき日のゆふぐれごろにならば何《な》とせむ
朝酒はやめむ昼ざけせんもなしゆふがたばかり少し飲ましめ

　こころからにや少しすごせばただちに身にこたふる様なり、悲しくて。

酒なしに喰ふべくもあらぬものとのみおもへりし鯛《たひ》を飯《めし》のさいに喰ふ
うまきもののこころにならべそれこれとくらべ廻せど酒にしかめや
人の世にたのしみ多し然れども酒なしにしてなにのたのしみ

　これをどう読んだらいい。ついては前書にある「萎縮腎《いしゆくじん》」であるが、これが「腎臓が硬くちぢむ疾患。また、その状態。高血圧性の細動脈硬化あるいは慢性腎炎の結果として起こり、腎機能は損なわれる」（『広辞苑』）という。いやなんとも酒飲みには多い恐ろしい病気であるとくる。でもって医者に即座に禁酒を命令されると。そういわれてもこればかりは止められるものではない。でこいつをどうしても止められない理由をあれこれと挙げてみとめよという。それこそもう酔っ払い管をまくように。牧水は、こんなふうに酒賛歌におよぶのだ。

「一度口にふくんで咽喉を通す。その後に口に残る一種の余香余韻が酒のありがたさである。単なる味覚のみのうまさではない。

無論口であぢはふうまさもあるにはあるが、酒は更に心で嚙みしめる味ひを持つて居る。あの「酔ふ」といふのは心が次第に酒の味をあぢはつてゆく状態をいふのだと私はおもふ。斯の酒のうまみは単に味覚を与へるだけでなく、直ちに心の営養となつてゆく。乾いてゐた心はうるほひ、弱つてゐた心は蘇《よみがへ》り、散らばつてゐた心は次第に一つに纏つて来る」（「酒の讃と苦笑」）

こんなぐあいでは止めように止められないもの。というかさらさら止める気などないのはあきらか。でどうしようもなく息の止まるときまで酒を飲みつづけるのだろう。ぐたぐだしいばかりのそんな繰り言をきいていてもいたしかたない。しかしこのさきこんな歌がみえるのである。

雑詠

ふらふらと眩暈《めまひ》おぼえて縁側ゆころげ落ちたり冬照る庭に

見つめゐてなにか親しとおもひしかころげ落ちたり冬照る庭に

そんな「ころげ落ちたり」なんて。なんだかちょっと危うげでないか。

渓恋

それはさてそんな身体でありながら、渓を探る、そのことには懸命になっているのだ。

十一月中旬から、十七日間におよび、上州伊香保から沼田を経て、利根川上流、吾妻川に遊び、さらに信州松本周辺を探っている。それでこの際に連作「みなかみへ」百五十九首の大作を詠むのである。

小日向村附近に到り利根は漸く渓谷の姿をなす、対岸に湯原温泉あり、滞在三日。

大渦のうづまきあがりなだれたるなだれのうへを水千千《ちぢ》に走る

湯原より利根の渓に沿うて湯檜曾に溯り更に転じて谷川温泉に到る。

わが行くは山の窪なるひとつ路冬日ひかりて氷りたる路

ちちいぴいぴいとわれの真うへに来て啼ける落葉が枝の鳥よなほ啼け

谷川温泉は戸数十あまり、とある渓のゆきどまりに当る、浴客とても無ければその湯にて菜を洗へり。

菜《な》をあらふと村のをみな子ことごとく寄り来てあらふ温泉《いでゆ》の縁《ふち》に

吾妻川の上流にあたり渓のながめ甚だすぐれたる所あり、世に関東耶馬渓とよぶ。

せまり合ふ岩のほさきの触れむとし相触れがたし青き淵のうへに

十一月終わり、この地方ではもう初冬だ。牧水は、ひたすら寒冷な渓谷を遡行してゆく。しかしなぜ、そんなにして渓の深く辿りつづけんと、なるものか。このときの紀行にそのゆえんを手短にふれている。

「元来私は峡谷の、しかも直ちに渓流に沿うた家に生れた。そして十歳までを其処で育つた。そんなことのあるためか、渓谷といふと一体に心を惹《ひ》かれ易い。それもこの二三年来、身体が少し弱つて、何といふことなく静かな所〳〵をと求めるやうになつてから、ことにそれが著しくなつた。岩から岩を伝うて流れ落つる水、その響、岩には落葉が散り溜つて黄いろな秋の日が射してゐる…………、さうした場所を想ひ出すごとにほんとに心の底の痛むやうな可懐《なつか》しさを感ずるのが常となつてゐる」(「利根の奥へ」)

どんなものだろう、なんとなし坪谷川の淵で無心に釣り糸を凝視する繁少年の息遣いが聞こえてくる、そのようでないか。ほんとなんたる渓への愛ではあることか。じつはこのときの渓についてまた前出の紀行「渓をおもふ」にこんなふうに書いてもいるのである。

「みなかみへ、みなかみへと急ぐこゝろ、われとわが寂しさを噛みしむるやうな心に引かれて私はあの利根川のずつと上流、わづか一足で飛び渡る事の出来る様に細まつた所まで分け上つたことがある。
狭い両岸にはもうほの白く雪が来てゐた。断崖の蔭の落葉を敷いて、ちよろ〳〵、ちよろ〳〵と流れてゆくその水の様になめらかな水を見、斑らな新しい雪を眺めた時、何とも言へぬこゝろに私は身じろぎすら出来なかつた事を覚えてをる。いま思ひ出しても神の前にひざまづく様な、ありがたい尊い心になる。水のまぼろし、渓のおもかげ、それは実に私の心が正しくある時、静かに澄んだ時、必ずの様に心の底にあらはれて私に孤独と寂寥のよろこびを与へて呉れる」

こうにもなるとその渓恋はというと、もうほとんど信仰とこそいうべきだろう。牧水は、これからもまだまだ渓の深くを歩き探りつづけるのである。

前田普羅

渓恋。そのことはひとり牧水の独壇場とはいえない。そこにはまた同世代の俳人がいたのである。それは前田普羅《ふら》（一八八四〜一九五四）である。虚子門の四天王の一人、山岳俳句の第一人者。山水の飄客、わたしはこの人をそのように呼ぶものである（参照　拙著『山水の飄客　前田普羅』）。牧水と、普羅と。しかしながらいまこの両者をここに併記するのに戸惑いのようなものがある。

普羅は、牧水の一歳上。明治三十五年（一九〇二）、早稲田大学英文科に入学して、牧水が同科に入学した三十七年に退学した。というのであれば直接の面識はなかったかも。だけどもあきらかに共通の友を介して見知っていたとおぼしい。

飯田蛇笏、その人である。蛇笏は、早大在学時より牧水と親交あり。第二章でみたように明治四十三年九月、山梨県東八代郡境川村の蛇笏邸山廬庵に草鞋を脱ぎ、十日ほど滞在している。蛇笏は、終生この生家にあって、農業に養蚕に従事し、句作に精進するのだ。そしてここ山廬にしばしば訪れたのが普羅なのである。

それにしても両者は並存しがたいのだ。普羅は、たしかに山岳俳句の第一人者ではある。だがいうならば俳句史の一人物でしかない。牧水は、いっぽう一般読者にも広く読まれる人気歌人というのである。そこからその句と歌のありようはもとより、出生、性向、生涯、なにからなにまで大きく距たっているのである。

普羅は、都会っ子で、どこか気も難しげで、孤高だ。狷介とさえ評される。その句は、偏愛者限定的で、少数の選ばれし読者に止まる。寡作で、七十歳で亡くなるが、単行句集は五冊、総収録句数は千百四と少ない。

牧水は、南国っ子で、ひろく分け隔てなく、社交をした。大向こうを唸らせた。前述したがその歌業はというと、まことに多岐にわたり、人口に膾炙した名歌も数多い。四十三歳で亡くなるが、単行歌集は十五冊、総収録歌数は六千九百近くある。句と歌は違う。だがこれほどまでに相反する両者もまたとあるまい。しかしながらただ一点のみ合致することがある。それは渓命ともいうべき渓恋である。とはいえともにするその渓行たるや陰と陽ほども様相をたがえるのであるが。

普羅は、蛇笏の山盧を足場に、稜線の懐《ふところ》を探り、句材を嚢《ふくろ》に得る。そのうちにじょじょに渓行の成果があらわれる。ここにその初期の結実をみてみよう。

春更けて諸鳥啼くや雲の上
春尽きて山みな甲斐に走りけり
雪解川名山けづる響かな
我が思ふ孤峯顔出せ青を踏む　（「ホトトギス」大九・六）

一句目、晩春のとある一日、渓谷の奥深くへの探索の途次。餞《はなむけ》のごとく、いろいろとさまざまな鳥たちがもう悦ばしくも「雲の上」のどこからか降るように囀ってやまないという、尊さなるなりよ。

二句目、おなし初夏へと向かおう季節。隣りあう信濃との境あたり。ずっとぐるり連なる稜線を眺めやっていると、山が甲斐へ走る、そのようにも感じ疾走の勢いおぼえるというしだい。

三句目、渓谷の奥深く、分け入って行くほど、雪解けの渓の水音が、響き激し止まない。「名山けずる」、それほどまでの水量の迸《ほとばし》りが轟音とともにつたわってくる。

四句目、「青を踏む」は春の野山の青草を踏むこと。ときに踏むべき「孤峯」はいずこの峰なるか。季語で春の山は「山笑う」。どんなものだろう、甲斐の笑う山を詠んで見事な、できではないか。しかしなんで、そんなにも渓谷を彷徨しなければ、ならないのか?

それはいうならば歌俳のはしくれとして、深山幽谷に足跡を残した西行に芭蕉に連なる風雅の漂泊の者、たらんという初心がするところだろう。おもうにじっさい近代の歌人と俳人にかぎれば牧水と普羅ほどにその名称に相応しい人物はいないのではないか。

頂上征服者、ピーク・ハンターでない。渓谷彷徨者、ヴァレー・ワンダラーである。ちなみに両者の踏んだ最高峰はというと、牧水は、浅間山（二五六八メートル）で、普羅は、甲斐駒ヶ岳（二九九六メートル）だ。

さらにいま一つあげよう。それはともに貧乏であったことだ。なにぶんこの当時は高峰を踏むには案内人を雇うなど相当の費用がかかるのだ。だがしかしもしも懐中豊かだったらどうだったろう。そんなひょっとすると、黒部渓谷を中心に多くの渓谷を遡行、沢登りという日本独自のジャンルを開拓、「黒部の父」の尊称を戴く、登山家・冠《かんむり》松次郎（一八八三〜一九七四）、そのさきをいっていたか。などというような詮ない話はよしとしよう。松次郎、おなし渓恋い病者なれば、ずばり「峰・渓々」と題する一文にある。ここに記す「愛渓心」なる松次郎語は熱すぎる。

「……たとえ山巓を極むることが登山の終極であるとしても、谷の持つ自然、その幽深と神秘とは彼等（登山者）の好奇心、愛渓心を育まずにはおかないからである。

私等の登山は、谷からすることによつて、その山岳を繞《めぐ》る種々相を、最も子細に観察することが出来る」（『峰・渓々』昭一三）

ところでどうしてか牧水も普羅も同様にしばしば、甲斐から秩父へと、あくことなく奥深い渓谷を探訪していることである。そこにはどうやらこの人の影響が見られるようなのである。それは田《た》辺重治《なべじゅうじ》（一八八四〜一九七二）である。重治は、英文学者としてウォルター・ペイター、ウィリアム・ワーズワースなどを研究してきた。いっぽう登山家として、日本アルプス、秩父山地を歩き、『日本アルプスと秩父巡礼』（大八）を刊行し、日本アルプスを偉大な山、秩父山地を緑の渓谷美、として以下のような流麗な文章でその魅力を表現した。おそらくきっと両人ともに味読したことだろう。

「奥秩父の山の美はむしろ渓谷にある。そしてこれほど壮絶な、これほど潤いを有する渓谷を、何処に見出す事が出来るだらふか。私たちは秩父に誇るべき一景を加えたことを喜ばずにはいられなかつた」「秩父から笛吹川の上流へかけて、そして南佐久へかけての複雑な地形は、豊富な音楽のたたずまひであつて、私がかう考へてゐるこの刹那にも、偉大な音楽は変化のある鼓動を波打たせつつあるのである」（「笛吹川を遡る」）

鳥の声

大正八年（一九一九）、三十四歳。この年も席があたたまる暇なくほとんど旅の空である。なんとも元旦から家を飛びだしている。

犬吠埼にて
岩かげのわがそばに来てすわりたる犬のひとみに浪のうつれり　（一月三日）

犬の瞳に浪を写す。これも旅先での無聊の一幅だろう。ちょっとこのショットはよろしくはないか。それはさてつぎつぎに旅はつづくのである。三月、信州伊那地方へ。

駒が嶽の麓　名は歌の会なれど旧知多く揃へる事とておほかた徹宵痛飲の座とはなるなり。
ちぢこまるわれに踊れと手とり足とり引き出《いだ》したれ酔人《ゑひどれ》どもは
いつしかに涙ながしてをどりたれ命みじかしと泣きて踊りたれ

こんなふうに飲み旅が多くあったろう。だけどもまた静かな山の上の湖を好んで歩いているのだ。なんともその湖畔に「一人寝の天幕を立てて暫く暮し度い」（「空想と願望」）と夢見ているほどに。五月、榛名山（一四四九メートル）へ。山上の榛名湖は周囲五キロ、勾玉形をなす美しい火口原湖である。ここではだが山の湖ではなくて、ちょっと視線をずらし、いとおしい山の鳥をみてみよう。

山上湖へ　草津を経て榛名山に登り山上湖畔なる湖畔亭に宿る、鳥多き中に郭公最もよく啼く。
みづうみの水のかがやきあまねくて朝たけゆくに郭公《くわくこう》聞ゆ
となりあふ二つの渓に啼きかはしうらさびしかも郭公聞ゆ

ところでここにきて急も唐突ではあるが、おなじ山と対した、やはりあの詩人が思いだされるのである。それは萩原朔太郎（一八八六〜一九四二）である。

その絶頂《いただき》を光らしめ／とがれる松を光らしめ／峰に粉雪けぶる日も／松に花鳥をつけしめよ／ふるさとの山遠遠《やまとほどほ》に／くろずむごとく凍る日に／天景をさへぬきんでて／利根川の上《へ》に光らしめ／祈るがごとく光らしめ。（「榛名富士」『蝶を夢む』）

榛名富士（一三九一メートル）は、榛名山群では高さで三番目だが、優美な富士山型で山頂に火口をもつ、シンボル的存在である。

それはさてこの詩篇をいかにみよう。幻視詩人《ヴジオネル》、面目躍如なる天上憧憬、山岳感受。そのありようは別格というほかないか。

郭公の囀りの音楽と、山巓の光への祈念と。どちらがどうというのではない、天才それぞれの発揚、なるところであるということだ。

渓の児、牧水は、ことのほか鳥好き人間なのである。ここにいたるまで多く引かなかったが、じつによく鳥を詠んでいるのである。たとえば大正四年夏、蓼科山麓の春日温泉に遊んだ折に「尾長《おなが》」「杜鵑《ほととぎす》」「鶺鴒《せきれい》」ほか、ほんとうに楽しげに鳥たちと戯れているのだ。つぎのような賑やかな歌はどうだろう。

　ほととぎす樫鳥《かけす》ひよ鳥なきやまぬ狭間《はざま》の昼の郭公《くわくこう》のこゑ　（『砂丘』）

牧水は、さきの榛名山行をめぐり、「私は山深い所に生れて幼くから深山の鳥のさま〳〵な声に親しんで来た」として綴っている。

「多くの鳥の中で筒鳥と、郭公と、而《そ》して杜鵑と、この三つの鳥はいつからとなく私の心のなかに寂しい巣をくつてゐた。私の心が空虚になる時、私の心が渇く時、彼等は啼いた。私の心がさびしい時、あこがるゝ時、彼等は啼いた。私の心が何かを求めて動く時、疲れて其処に横はる時、彼等は私と同じい心に於て私の心にそのまことの声を投げて呉れた」（「山上湖へ」）

なんという鳥愛であろう。まだまだ旅はつづく。八月、九十九里浜、十一月、信州沓掛温泉、十二月、上総八幡崎へ。なるほどこの間も多く鳥を詠っている。

霞が浦

明日漕ぐとたのしみて見る沼の闇の深きに行行子《よしきり》の啼く

九十九里浜（前書略）

まひわたる千鳥が群の浪のうへに低くつづきて夕日さしたり

大正九年（一九二〇）、三十五歳。二月、伊豆松崎、天城越え、湯ヶ島温泉、四月、秩父、五月、群馬、長野、岐阜、愛知へ。

上州吾妻の渓にて
飛沫《しぶき》よりさらに身かろくとびかひて鶺鴒《せきれい》はあそぶ朝の渓間に

まさにこの鶺鴒はそっくり、そのまま牧水ではないか。なんという無類の鳥好きなるさま。こんな聞きなしの文もある。

「(仏法僧)の啼き声は到底文字などに書き現せるものではない。声に何の輪郭がない。まつたく初めもなく終りもない。そしてこの鳥の啼いてゐる間、天も地もしいんとする様な静けさを持つた寂びた声である。

これに似たものに郭公がある。これは『カッコウ、カッコウ』と二聯の韻を持つて啼きつゞける。筒鳥よりも一層寂しく迫つた調子を帯びてゐる。同じく明け方から晴れた日の昼にかけて啼く。降る日は声が少ない。雨にふさふのは山鳩であらう。

もう一つ、呼子鳥がある。これは一層よく筒鳥に似てゐる。矢張り文字には書けないが、先づ『ポンポンポンポンポンポン』と云つた風に啼きつゞける。筒鳥より声も調子も小さく聞える」(「若葉の山に啼く鳥」)

牧水は、耳が聡い。このことでは歌詠みでもあり十歳下ながら親交があった、どこかであの鳥の詩人中西悟堂《ごどう》(一八九五〜一九八四)を想わせるようだ。

悟堂は、富士山麓は須走村《すばしり》での探鳥行を綴る一節で「静寂であるはずの高原の林は、静寂どころか、むらがりおこる鳥の声々に充たされていて、林そのものが歌であった」としてとどめる。

「サンショウクイのヒリヒリン、アカハラのキャラララン　チリー、コルリの複雑な替え歌……ツツドリのポポ　ポポポポ、サンコウチョウのキーヴィー　ホイホイ、ヒガラのツピチンツピチン、ビンズイのチチロチチロツイツイツイ、カワラヒワのヴィー、ヨタカのキョキョキョキョキョキョキョの連打、メジロやセンダイムシクイのつつましいさえずり、キビタキの調子に乗ったオーシーツクツク……シジュウガラのツペツペ、マミジロのチョロインチー、アオジのツーピッチチーチョというテンポのゆるい美声、ホオジロの一筆啓上《いっぴつけいじょう》」（「富士山麓の朝」『愛鳥自伝』）

囀り、降るような、湧くような、囀り。ひょっとすると牧水もこれぐらい鳴き声の聞きなしをできる耳の持ち主ではなかったろうか。悟堂は、ついでながら牧水のポートレートを以下のように書いているのだ。

「牧水のゆったりとして迫らぬ張りのある穏やかさは、誰をも惹きつける日向っぽい素朴さだった。私はそれまでに、こんな滋味あふれた目付と口元をした人物に出逢ったことがなかったので、二、三度見ただけですっかり牧水に魅せられてしまった」（『愛鳥自伝』）

というところで話題をもどして、じつはこの八月のことである。牧水は、来客の多さや妻や子供の健康を考え、静岡県沼津町在楊原村上香貫《かみかぬき》に転居（参照「香貫山」）している。それでちょっと生活は落ち着いたものの、いぜんとして懐中は寒く苦しかったのだ。鳥達のように自由でありたいが、いかんせん、先立つものに事欠くのである。

貧窮

居すくみて家内《やぬち》しづけし一銭の銭なくてけふ幾日《いくひ》経にけむ　（その一）

三日《みか》ばかり帰らむ旅を思ひたちてこころ燃ゆれどゆく銭のなき　（その三）

いつもまったく路銀は足りないのだ。そしてまた糊口をしのぐために多忙をきわめる。にもかかわらず草鞋を履いてしまう。牧水は、ここまでみてきた歌集『くろ土』の三年間で百八十日も旅の空にあり、五百五十九首の旅の歌を詠んでいる（参照『若山牧水新研究』大悟法利雄）。

焼嶽登頂

大正十年（一九二一）、三十六歳。三月、第十三歌集『くろ土』、七月、紀行文集『静かなる旅をゆきつ』を刊行。この年も方々に旅した。なかでも九月中旬より十月末まで、信州白骨温泉、上高地、焼嶽《やけだけ》（二四五五メートル）に登った後、飛驒に出て高山に遊び、さらに富山、長野、木曽を遍歴した。牧水は、ただもうひたすら渓を歩きつづけること、ざっとみでそれほど頂を踏んでないようだ。このことに関わって、こんな弁をのべている。

「一体に流行を忌む心は、もう日本アルプスもいやだし、富士登山も唯だ苦笑にしか値しなかつた。与謝野寛さんだかゞ歌つた「富士が嶺はをみなも登り水無月《みなづき》の氷の上に尿垂るてふ」といふ感じがしてならなかつた」（「四辺の山より富士を仰ぐ記」）

「をみなも登り……尿垂るてふ」。いや笑える。そういいながら、これまで幾つだか挙げたようにその気になれば登っている、つぎをみられよ。

「十月十五日、私は白骨温泉の宿屋の作男を案内として先づ焼嶽のツィ麓に在る上高地温泉に向うた。行程四里、道は多く太古からの原始林の中を通じてゐた。そして其広大な密林を通り過ぎると、大正三年焼嶽の大噴火（註、四年の誤り）の名残だといふ荒涼たる山海嘯《やまつなみ》の跡があり、再びまた寂び果てた森なかを歩いてやがて上高地温泉に着いた。一軒建の温泉宿はその森のはづれに、山の上とは思はれぬ大きな川を前にしてひつそりと建つてゐた。川は梓川である」（「火山をめぐる温泉」）

上高地付近　上高地附近のながめ優れたるは全く思ひのほかなりき、山を仰ぎ空を仰ぎ森を望み渓を眺め涙端なく下る。

いわけなく涙ぞくだるあめつちのかかるながめにめぐりあひつつ　（『山桜の歌』以下）

またや来むけふこのままにゐてやゆかむわれのいのちのたのみがたきに

まことわれ永くぞ生きむあめつちのかかるながめをながく見むため

なんともちょっと大振りすぎる表現にみえるがどうか。いまからざっと一世紀近くまえの上高地はかくも神々しかったのだろう。さらにはあの梓川につよく心動かされるのだ。

山七重《やまななへ》わけ登り来て斯《か》くばかりゆたけき川を見むとおもひきや（梓川）

「下駄を借りて宿の前に出て見ると、ツイ其処に梓川《あづさがは》が流れてゐた。どうしてこの山の高みにこれだけの水量があるだらうと不思議に思はるゝ豊かな水が寒々と澄んで流れてゐる。川床の真白な砂をあらはに見せて、おほらかな瀬をなしながら音をも立てずに流れてゐるのであつた」（「上高地温泉／或る旅と絵葉書」）

というところで、牧水と八歳上でよく高峰を踏破した歌人窪田空穂《うつぼ》（一八七七〜一九六七）がこの梓川を詠う歌、それをみたい。

空穂は、大正二年八月と十一年七月と、二度にわたり大掛かりな日本アルプス縦走、槍ヶ岳（三一八〇メートル）登攀を敢行する。その山行は『日本アルプスへ』（大正五）、『日本アルプス縦走記』（大一二）に詳しい。後の縦走の帰路に梓川の清流を見やる。

梓川、二の俣にて
日に光り白石河原《しらいしがはら》ながれ来る水のうねり入りぬ柳の蔭に　空穂（『鏡葉』）
見渡しの河瀬に人のあらはれぬ長き竿持つは岩魚釣《いはなつり》かも

いやなんともきょうの雑踏をきわめる梓川とちがうことだろう。さて、ときに一路目指すべきは火山大好きならば焼嶽登頂である。牧水は、じつはこのとき良い案内者を得られなかった。そこでいかなる事態に逢着することになるか。

「大正三年大噴火の際に出来た長さ十数町深さ二三十間の大亀裂の中に迷ひ込んだのであった。初めは何の気なしにその中を登つてゐたが、やがてそれが迷路だと知つた時にはもう降りるに降りられぬ嶮しい所へ来てゐた。そしてまご〳〵してゐれば両側二三十間の高さから霜解のために落ちて来る岩石に打ち砕かるゝ虞《おそ》れがあるので、已《や》むなく異常な決心をしてその亀裂の中を匍ひ登つたのであつた」（「焼嶽の頂上／或る旅と絵葉書」）

ここにいう焼嶽の大噴火とは山頂南東部の大爆発で、中堀沢に沿い「大亀裂」が起こり、梓川を堰き止め大正池を作り出した未曾有の大噴火であった。かくして命からがら登頂するのだ。

焼嶽頂上　上高地より焼嶽に登る、頂上は阿蘇浅間の如く巨大なる噴火口をなすならずして随所の岩蔭より煙を噴き出すなり。

群山《むらやま》のみねのとがりのまさびしく連《つら》なれるはてに富士の嶺《みね》見ゆ
岩山の岩の荒肌ふき割りて噴《ふ》きのぼる煙とよみたるかも

たいへんな山行ではあった。しかしながらそこは牧水であること、この山案内としては心もとない爺さんを大歓待して、ねんごろに「好物」もってねぎらうのだ。

上高地付近　わが伴へる老案内者に酒を与ふれば生来の好物なりとてよろこぶこと限りなし。

老人《としより》のよろこぶ顔はありがたし残りすくなきいのちをもちて

「老人のよろこぶ顔はありがたし」。濡草鞋、牧水、ここが生来の美質である。焼嶽を下りて、飛驒高山から飛驒古川町に遊ぶ。その途上、鮎の簗漁《やなりょう》を見て詠む。

野口の簗　そのするゑ神通川に落つる飛驒の宮川は鮎を以て聞ゆ、雨そぼ降る中を野口の簗といふに遊びて。

たそがれの小暗き闇に時雨降り簗にしらじら落つる鮎おほし
かき撓《たわ》み白う光りて流れ落つる浪より飛びて跳ぬる鮎これ

牧水は、おそらくふるさとでは簗漁はしなかったろう。だがときにゆくりなく故郷の渓谷での鮎釣りを想起したのではないだろうか。そのさきにも挙げた幼い日のこんな景を浮かべながら。

鮎つりの思ひ出
われいまだ十歳《とを》ならざりき山渓《やまたに》のたぎつ瀬に立ち鮎は釣りにき
釣り暮し帰れば母に叱られき叱れる母に渡しき鮎を　（『黒松』）

山桜の花
さきに「鳥の声」と題して、もっぱら牧水の愛でた渓の鳥にふれた。ついでは渓の花としよう。牧水は、渓を彩る可憐な花を好んだ。なかでも牧水が愛し多く詠った花、すなわち牧水フラワーは、春の渓に美しく咲く山桜となろう。
「……ほんたうの山桜、単弁の、雪の様に白くも見え、なかにかすかな紅ゐを含んだとも見ゆる、葉は花よりも先に萌え出でて単紅色の滴るごとくに輝いてゐる、あの山桜である。これは都会や庭園などには見かけない、どうしても山深くわけ入らねばならぬ」（「梅の花桜の花」）

大正十一年（一九二二）、三十七歳。一月、伊豆土肥温泉に滞在。さらに三月から四月にかけ、伊豆湯ヶ島温泉に逗留。この折に天城山（一四〇六メートル）に遊んで、もっぱら山桜をその咲き始めから散り際まで堪能し「山ざくら」二十三首の多く詠んでいる。

山桜は、野生の桜の代表し、和歌に多く詠まれる、「吉野の桜」はこの種である。里桜のソメイヨシノと異なり、花期がいくぶん長くのどかに心おきなく観察できるのだ。とはいえ花に嵐の喩えもある。花のさかりのときは、いついかなるときも、短くすぎるのである。

　三月末より四月初めにかけ天城山の北麓なる湯ヶ島温泉に遊ぶ。附近の渓より山に山桜甚だ多し、日毎に詠みいでたるを此処にまとめつ。

うすべにに葉はいちはやく萌えいでて咲かむとすなり山桜花
瀬瀬《せぜ》走るやまめうぐひのうろくづの美しき春の山ざくら花
とほ山の峰越《をごし》の雲のかがやくや峰のこなたの山ざくら花
山ざくら散りのこりゐてうす色にくれなゐふふむ葉のいろぞよき

それにつけても、なんでまた山深くへ分け入って山桜を仰ぎ愛でんとまで、するものだろう。ほかでもない、山桜が幼い日に坪谷の渓に春の到来を告げた花、だからである。ついてはこの花の見頃を綴った一文にこのようにある。

「私は日向の国尾鈴山の北側に当る峡谷に生れた。家の前の崖下を直ぐ谷が流れ、谷を挟んで急な傾斜が起つてほゞ一里に渉り、やがて尾鈴の嶮しい山腹に続いて居る。

……………

尾鈴からその連山の一つ、七曲峠《ななまがりたうげ》といふに到る岩壁が、ちやうど私の家からは真正面に仰がれた。幾里かに亙《わた》つて押し聳えた岩山の在りとも見えぬ襞々にほの〲として咲きそむる山ざくらの花の淡紅色は、躍り易い少年の心にまつたく夢のやうな美しさで映つたものであつた。

……………

その頃、幼いながらに詠んだ歌にそのこゝろが残つている」（「追憶と眼前の風景」）としてつぎの二首を引用するのである。

母恋しかゝるゆふべのふるさとの桜咲くらむ山のすがたよ　（『海の声』）
父母よ神にも似たるこしかたにおもひでありや山ざくら花

マザコン牧水である。「母」の面影は「桜」、切ろうに切られぬ、「桜」の花影は「母」。つづいて

「神にも似たる」とはなに？　それはそのさきに祖父の代に坪谷の渓に移り住んだ一族のことをいうのだ。でそのありようはまさに濡草鞋党、いってしまえばそう、流浪風情、ほかならなくあるが、そこに「山ざくら花」をそえ、それをさながら貴種流離譚にしたてているおもむきだろう。

というところで山桜について、ちょっと横道をしてみたい。ここにこんな山桜を詠う今日の女の詩人がおいでになる。それは堀内幸枝《さちえ》（一九二〇〜）である。

春になると小川の水がとけましょう／長く長くつづきましょう／ひなの日は／やらかい日ざしに／真白い蝶がまいましょう／わたしは小川のふちで／長い髪をゆいましょう
ひな酒に赤くほおを染めましょう／それから／髪に桜をかざして／平安期の乙女みたいに／あなたに会いに行きましょう　（「ひなの日は」『夕焼けが落ちてこようと』昭五七）

牧水もしばしば彷徨っている甲斐。裏富士を見上げる街道筋の山麓。春は梅から桜へそして、桜から桃と咲きつづく。御坂峠を下って甲府に向かう国道一三七号線。この国道の中ほど、山沿いに市之蔵村（現・一宮町）はある。堀内さんは「この村に生まれ、この村しか知らない私は」と、山深い村の幼い日とつましい暮らしを偲ぶ好随筆「市之蔵村」で書いている。

「籾がらの煙が山峡の空へ一本細く立ち上がり、やがて村の屋根屋根に、ゆっくり春霞のように広がってくる」。ひなの日、雛の節句は、ここらの村では月遅れの四月三日に行うそう。この祭に桜を飾る。富士山麓一帯だけに自生する丈の低い富士桜（マメザクラ）を。この桜は厳しい寒気の中で咲くために、小輪一重で、花柄が長く下向きに花をつけると。

ひなの日。鄙の娘だった堀内さんは夢に見るのだ。「平安期の乙女みたいに」。山桜は、このように山深くに育った者に格別なのである。

このことでは坪谷の渓の少年にとってもそう。いわずもがな、なおさらなり。ほかでもなく山桜は母の面影よろしくあれば。

第五章　みなかみ紀行

みなかみへ

「私は河の水上《みなかみ》といふものに不思議な愛着を感ずる癖を持つてゐる。一つの流《ながれ》に沿うて次第にそのつめまで登る。そして峠を越せば其処にまた一つの新しい水源があつて小さな瀬を作りながら流れ出してゐる、といふ風な処に出会ふと、胸の苦しくなる様な歓びを覚えるのが常であつた」（「みなかみ紀行」以下）

大正十一年（一九二二）晩秋、ようやくのこと待ちに待ったときがきた。十月から十一月、牧水は、信州・上州・下野の三国を巡り、利根川の支流、吾妻川《あがつまがわ》から片品川を遡り、源を探る二十四日間の旅に出る。のちに「みなかみ紀行」として綴られる行脚である。いよいよこの人の渓探索も大団円を迎えるのである。それはどんな旅であったろう。まずあらかじめ断っておけば、およそ一世紀近くまえ、それぐらい昔のことなのである。であればこの行程のほとんどは徒歩でとおしている。

十月十四日、沼津の自宅を出発。信州は北佐久の歌会に参る用有り。だけどそれは表向きでひそかに胸中にしていた。所用果てた後は上州へ出てそれから、利根川を遡り水源を訪ねようと。牧水は、さきにみたが三年前、七年十一月中旬、上州伊香保から沼田を経て利根川上流を目指すも、奥地は雪深くして断念した経緯があるのだ。ところでここまで紹介してこなかった、旅の出で立ち、それがいかがな様子かみることにしよう。

古い旅装の写真が残る。下から草鞋、脚絆、股引、着物は尻はしょり。洋傘を背におおい、頭に鳥打ち帽。傘は杖代わりになり、獣避け用にもよし。晩年にはそのうえに被るお誂えのマントふうの一葉。腰には旅の必需品を一切合財納める合財袋なる黒っぽい袋。なかには財布、煙草、地図（参謀本部謹製五万分の一図）、磁石、梅干（腹下しの薬代わり）、酒筒（必携）などなど。このとおり生涯一貫しつづけた。

だけどどうだろう、この格好はというと、たとえば洋靴がときの主流になっておれば草鞋へのその固執なんぞは、あまりにも旧弊すぎ、といぶかられるか。しかしそこにこそ、濡草鞋よろしい気骨というか心意気、ありとみられよう。あえていえば、西行に芭蕉に連なる墨染の漂泊の徒、たらんという。

十一月十六日、歌会の翌朝、草津軽便鉄道で若い弟子たちと沓掛を経て、星野温泉泊（以下、旅中に同行する弟子をはじめ、宿先まで来訪する門人、などとの交流がとても面白いのだが本稿の性格から割愛)。

十七日、弟子の一人、K君を誘い、終点、嬬恋《つまごい》泊。

十八日、嬬恋から自動車で草津温泉へ。牧水は、このとき高温入浴治療法の時間湯と、湯揉み唄について、詳述する。じつはここで引用しないが、さきの旅でハンセン氏病の「髪も眉も殆ど壊《く》え落ちてゐる」湯治者に出会って胸を塞いだ、というような場面があるのだ。そのひどく熱い湯のたぎりに、おぼえなく目が潤んでならない。

枯野の落栗　(前書略)
たぎり湧くいで湯のたぎりしづめむと病人《やまうど》つどひ揉《も》めりその湯を
湯を揉むとうたへる唄は病人がいのちをかけしひとすぢの唄

十九日、草津温泉から六里ヶ原を歩いて沢渡温泉へ。ときに浮かぶのはつぎのような文である。「浅間東北麓の焼野の眺めは壮大である。今の世智辛《せちがら》い世の中に、こんな広大な「何の役にも立たない」地面の空白は見るだけでも心持がのびのびするのである」(寺田寅彦「浅間越え」『寺田寅彦随筆集第五巻』岩波文庫)
だだっ広いの向こうに聳え立つ、煙を噴く浅間山を仰ぎ見て、しばらく急ぎ脚で九十九折りの坂を駆け下りるのだ。どれほどか行くと渓を挟んで小雨村《こさめ》と生須村《なます》なる小さな集落に出会している。

同　ありとしも思はれぬ処に五戸十戸ほどの村ありてそれぞれに学校を設け子供たちに物教へたり。

おもはぬに村ありて名のやさしかる小雨の里といふにぞありける　（小雨村）
学校にもの読める声のなつかしさ身にしみとほる山里すぎて
人過ぐと生徒等はみな走《は》せ寄りて垣よりぞ見る学校の庭の　（大岩村）
われもまたかかりき村の学校にこの子等のごと通る人見き
先生のあたまの禿《はげ》もたふとけれ此処に死なむと教ふるならめ　（引沼村）

ほんとほとんど涙の歌でないかこれは。牧水は、ときにゆくりなく十一歳まで学んだ渓の児らが集う郷里の坪谷尋常小学校の幻を見る思いだったのだろう。「われもまたかかりき」。それにしても「先生のあたまの禿もたふとけれ」とは牧水らしくないか。いやほかに誰がこのように詠えるだろう。

それはさて渓は吾妻川の奥なのである。というところで思われるのは愚かしい、いま現在この下流の川原湯あたりで工事開始された八ッ場《やんば》ダム、ほんとなんとも愚かしすぎる挙である。早晩、そこいらいったいかつての小雨と生須も水底の廃墟となってしまっていよう。でそこから径を急ぐほどに脚が止まるのだ。ほんとうに目を疑うしかない。

「眼につくは立枯の木の木立である。すべて自然に枯れたものでなく、みな根がたのまはりを斧で伐りめぐらして水気をとゞめ、さうして枯らしたものである。……。この野に昔から茂つてゐた楢を枯らして、代りにこの落葉松の植林を行はうとしてゐるのであるのだ」

楢を根絶やしにして、落葉松《からまつ》を植えるという。なんとこれが国営事業であるらしい。なんでまたそのような無残なことをやらかすのか？　それは帝国陸軍が満州進出するにあたり、鉄道を敷く際に枕木に落葉松が要るという戦略目的という。でそのなごりが、現今の軽井沢あたりでおめにかかる別荘地の樹影、というのである。白秋（牧水の親友だ）の詩で有名な。

からまつの林を過ぎて、／からまつをしみじみと見き。／からまつはさびしかりけり。／たびゆくはさびしかりけり。（「落葉松」『水墨集』大一二）

そこらのことをこの詩を愛する者なら気に掛けていいのではないか。牧水は、後述するが晩年、沼津の千本松の伐採に猛反対した、自然保護運動の先駆的存在《エコロジーパイオニア》だ。

啄木鳥と鷹

落葉松《からまつ》の苗を植うると神代ぶり古りぬる楢《なら》をみな枯らしたり

榾の木ぞ何《なに》にもならぬ醜《しこ》の木と古りぬる木木をみな枯らしたり
木木の根の皮剥ぎとりて木木をみな枯木とはしつ枯野とはしつ

この怒り、この苦さ。牧水は、でそこでいきなり歯軋りするようにして、分岐の標識を見て、急にコースを変更して花敷温泉への径を辿るのだ。さきに牧水は「高い崖の真下の岩のくぼみに湧き、草津と違つて湯が澄み透つて居る故に、その崖に咲く躑躅や其の他の花がみな湯の上に影を落す、まるで底に花を敷いてゐる様だから花敷温泉といふのだ」と聞き興味を持っていた。とはいうがこの決定はというと、立ち枯れの榾を見て、たまらずの変更だったのだろう。
かくして草鞋を脱いだ旅籠はどうか。花敷温泉、湯に花ではなく、雪が降っていた。

雪の歌　十月十九日上野国吾妻郡花敷温泉といふに宿り翌朝出立す、夜のほどにあたりの山に雪の降り積みたれば詠める。

ひと夜寝てわが立ち出づる山かげのいで湯の村に雪ふりにけり
上野《かみつけ》と越後《ゑちご》の国のさかひなる峰の高きに雪ふりにけり

二十日、四万《しま》温泉行。花敷から昨日歩いた径を戻り、どれほどか「やがてひろびろとした枯芒の原、立枯の楢の打続いた暮坂峠の大きな沢に出た」のである。
暮坂峠（一〇八八メートル）。この峠を詠む詩が胸に沁みる。というところでその詩「枯野の旅」を引くことにしよう。牧水は、いわずもがななかなか多才で長詩も幾篇かものしているのである。これがすこぶる宜しくあるのだ。

「枯野の旅」

乾きたる／落葉のなかに栗の実を／湿りたる／朽葉《くちば》がしたに橡《とち》の実を／とりどりに／拾ふともなく拾ひもちて／今日の山路を越えて来ぬ

長かりしけふの山路／楽しかりしけふの山路／残りたる紅葉は照りて／餌《え》に餓《う》うる鷹《たか》もぞ啼《な》きし

…………

上野《かみつけ》の草津の湯より／沢渡《さわたり》の湯に越ゆる路／名も寂し暮坂《くれさか》峠

枯草に腰をおろして／取り出《いだ》す参謀本部／五万分の一の地図

見るかぎり続く枯野に／ところどころ立てる枯木の／立枯の楢《なら》の木は見ゆ
路は一つ／間違へる事は無き筈《はず》／磁石さへよき方をさす
地図をたたみ／元気よくマッチ擦《す》るとて／大きなる欠伸《あくび》をばしつ
（「枯野の旅」『樹木とその葉』以下、詩篇の引用は同作）

二十一日、四万温泉から歩いて中之条駅へ、電車で沼田へ。晩、郵便局で師の来訪を知った土地の門人ら若者計六名の来訪あり。酒杯を交わし歓談。

二十二日、沼田から立ち枯れの野を歩き、法師《ほうし》温泉へ向かう。途中、三年前にこの近くは湯檜曾《ゆびそ》まで来て断念した旅に思いいたす。なんという渓恋ではあるか。「湯檜曾の辺でも、銚子の河口であれだけの幅を持つた利根が石から石を飛んで徒渉出来る愛らしい姿になつてゐるのを見ると、矢張り嬉しさに心は躍つてその石から石を飛んで歩いたものであつた。そしていつかお前の方まで分け入るぞよと輝き渡る藤原郷の奥山を望んで思つたものであつた」

二十三日、法師から歩いて湯の宿温泉へ。二十四日、湯の宿から歩いて沼田へ。夜、歌会。

二十五日、沼田から片品川に沿って歩き、老神《おいがみ》温泉へ。さきに行くほど「いたゞきかけて煙り渡つた落葉の森、それらの山の次第に迫り合つた深い底には必ず一つの渓が流れて滝となり淵となり、やがてそれがまた随所に落ち合つては真白な瀬をなしてゐるのである。歩一歩と酔つた気持になつた私は、歩みつ憩ひつ幾つかの歌を手帳に書きつけた」として詠むのだ。

山の歌渓の歌

岩蔭の青渦がうへにうかびゐて色あざやけき落葉もみぢ葉
苔むさぬこの荒渓の岩にゐて啼く鶺鴒《いしたたき》あはれなるかも
高き橋此処《こゝ》にかかれりせまりあふ岩山の峡《かひ》のせまりどころに

二十六日、老神から歩きだし途中、吹割の滝を見て、東小川村で土地の長者、「C―家」（註、千明家）に立ち寄る。そして明日向かう丸沼で同家経営の紅鱒養殖場、番小屋宿泊の許諾をえて、番人宛ての添手紙をもらう。この晩は白根温泉泊。ここで問題がある。「何は兎もあれ、酒を註文した。ところが、何事ぞ、無いといふ」。そこでこんな仕儀になっている。

破れたる紙幣とりいで／お頼み申す隣村まで／一走り行《い》て買ひ来てよ

その酒の来る待ちがてに／いまいちど入るよ温泉《いでゆ》に／壁もなき吹きさらしの湯に

二十七日、案内人を雇って、大滝川沿いに日光白根山（二五七八メートル）の北麓丸沼を目指す。口に梅干しを一つ含んで。

朝ごとに／つまみとりて／いただきつ
ひとつづつ食ふ／くれなゐの／酸《すっ》ぱき梅干
これ食へば／水にあたらず／濃き露に巻かれずといふ
朝ごとの／ひとつ梅干／ひとつ梅干

山は険しく渓は深い。案内人は語った。ここらの山はすべてＣ－家の所有であり、周りの山の木を昨年一括して、ある製紙会社に売り渡した。代価四十五万円、伐採期間四十五箇年間、一年に一万円ずつ伐り出す割に当ると。

「遠近の山の山腹は殆んど漆黒色に見ゆるばかり真黒に茂り入つた黒木の山であつた。常磐木《ときわぎ》の森であつた」。牧水は、そのさきに立ち枯れの森に怒ったが、まさに斧を知らない、ここの樹の美しさに息を呑むのだ。しかしこの山の木も遅くとも四十五年後にはすべて切り倒され裸になってしまう。牧水は、唇に唾を溜めて詠む。

鴨鳥の歌（前書略以下）

あきらけく日のさしとほる冬木《ふゆこ》立《だち》木木とりどりに色さびて立つ

散りつもる落葉がなかに立つ岩の苔枯れはてて雪のごと見ゆ

わが過ぐる落葉の森に木《こ》がくれて白根が嶽《たけ》の岩山は見ゆ

しばらく川沿いの山路を行くと白根山北麓の堰止湖、大尻沼（一四〇〇メートル）に辿りつく。「その古沼に端《はし》なく私は美しいものを見た。三四十羽の鴨が羽根をつらねて静かに水の上に浮んでゐたのである。思はず立ち停つて瞳を凝らしたが、時を経ても彼等はまひ立たうとしなかつた。路ばたの落葉を敷いて、飽くことなく私はその静かな姿に見入つた」と。早速、鳥の歌を詠む。

登り来しこの山あひに沼ありて美しきかも鴨の鳥浮けり
縦黒檜黒木《もみくろび》の山のかこみあひて真澄《ます》める沼にあそぶ鴨鳥
見て立てるわれには怯《お》ぢず羽根つらね浮きてあそべる鴨鳥の群
岸辺なる枯草敷きて見てをるやまひたちもせぬ鴨鳥の群を

青い沼に静かに遊ぶ鴨の群れ。これこそ天然の饗宴であろう。牧水は、なんともいえぬ仕合わせをおぼえる。さらに驚かされた手つかずの景がある。

「私たちの坐つてゐる路下の沼のへりに、たけ二三間の大きさでずつと茂り続いてゐるのが思ひがけない石楠木《しやくなぎ》の木であつたのだ。深山の奥の霊木としてのみ見てゐたこの木が、他の沼に葭葦《よしあし》の茂るがごとくに立ち生《お》うてゐるのであつた。私はまつたく事ごとに心を躍らせずにはゐられなかつた」

と。つづき石楠花を詠むのだ。

沼のへりにおほよそ葦の生《お》ふるごと此処に茂れり石楠木の木は
沼のへりの石楠木咲かむ水無月《みなつき》にまた見に来むぞ此処の沼見に
また来むと思ひつつさびしいそがしきくらしのなかをいつ出でて来む
天地《あめつち》のいみじきながめに逢ふ時しわが持ついのちかなしかりけり

草鞋よ

それからまた歩きだして、しばらく丸沼（一四二八メートル）にいたる。今晩は沼の紅鱒養殖場の番人小屋泊。ここでの、うら侘びしい老番人とのやりとりが人情味あって泣ける。「昨夜の宿屋で私はこの老爺の酒好きな事を聞き、手土産として持つて来たこの一升壜は限りなく彼を喜ばせたのであつた。これは早や思ひがけぬ正月が来たと云つて、彼は顔をくづして笑つたのであつた」。そこへ三人のC—家に雇われた人夫が入り込んできて、うむなく今晩ここに泊まらせてくれと炉端へ腰をおろす。

「幾日か山の中に寝泊りして出て来た三人が思ひがけぬこの匂ひの煮え立つのを嗅いで胸をときめかせてゐるのもよく解つた。そして此処にものゝ五升もあつたらばなア。」と老爺に促す。

「お爺さん、このお客さんたちにも一杯御馳走しよう、そして明日お前さんは僕と一緒に湯元まで降りようぢゃアないか、其処で一晩泊つて存分に飲んだり喰べたりしませうよ。」と。

二十八日、出発後、二週間、いよいよもって源を訪ねる旅も終わりにちかい。牧水は、履き潰れた草鞋を草むらに置いて、腰に下げた新しい草鞋に履き替える。

草鞋よ／お前もいよいよ切れるか／今日／昨日／一昨日《をとつひ》／これで三日履いて来た

履上手《はきじやうず》の私と／出来のいいお前と／二人して越えて来た／山川のあとをしのぶに／捨て
られぬおもひもぞする／なつかしきこれの草鞋よ

なんといふ草鞋愛であろう。ここでさきにも引いた「草鞋の話 旅の話」を覗くことにしよう。

「いゝ草鞋だ、捨てるのが惜しい、と思ふと、二日も三日も、時とすると四五日にかけて一足の草鞋を穿かうとする。そして間々《まま》足を痛める。もうさうなるとよほどよく出来たものでも、何処にか破れが出来てゐるのだ。従つて足に無理がゆくのである。

さうなつた草鞋を捨てる時がまたあはれである。いかにも此処まで道づれになつて来た友人にでも別れる様なうら淋しい離別の心が湧く。

『では、左様なら！』

よくさう声に出して言ひながら私はその古草鞋を道ばたの草むらの中に捨てる。独り旅の時はことにさうである。

私は九文半の足袋を穿く。さうした足に合ふ様に小さな草鞋が田舎には極めて少ないだけに（都会には大小殆んど無くなつてゐるし）一層さうして捨て惜しむのかも知れない。

で、これはよささうな草鞋だと見ると二三足一度に買つて、あとの一二足をば幾日となく腰に結びつけて歩くのである」

牧水は、たしかに短軀で五尺そこそこ、それで足袋も小さく九文半（約二四センチ）の寸法が宜しいと。ついでながら大きい足としては六尺をゆうに越す「巨人」（岡本潤命名）とも称された高村光太郎となろう。巨人が履いていたゴム長靴が遺っている。これがなんとも十三文半（約三二センチ）、靴屋の宣伝用に置かれた一足を譲り受けたものだとか。だけどこれでも小さすぎ我慢をして履いたというのだ。

水源の一滴

さて、どうやら新しい草鞋の履き心地は良さそうだ。老番人を案内役に丸沼から密林の径をゆく。樅《もみ》、栂《つが》、など巨大な針葉樹が群生する。また見渡す限り唐檜《とうひ》が茂る一角もある。この樹種は初見だ。「日の光を遮つて鬱然と聳えて居る幹から幹を仰ぎながら、私は涙に似た愛惜のこころをこれらの樹木たちに覚えざるを得なかつた」

牧水は、樹を仰ぎ見て、さきにみた草鞋への別れの挨拶ではないが、涙を溜める人だ。そういえばたしか以前にもこんな二首があったものである。

木に倚れどその木のこころと我がこころと合ふこともなし、さびしき森かな　（『死か芸術か』）

山に入り雪のなかなる朴《ほほ》の樹に落葉松《からまつ》になにとものを言ふべき

こんなふうに「木のこころと我がこころと合ふ」ようにつとめ、「朴」や「落葉松」と、ともに語らんとつとめるお人なのだ。さて、長い坂を登りつめるとまた一つの大きな蒼い沼がある。そこは目指してきた菅沼（一七〇一メートル）である。そのさきを行くとどうだ。道端の青い草むらを噴きあげてむくむくと噴き出す水流。するとやおら爺がおっしゃる。これぞ菅沼、丸沼、大尻沼の源の水なるぞ。このときの牧水の狂喜ぶりったら！

「それを聞くと私は思はず躍り上つた。それらの沼の水源と云へば、とりも直さず片品川、大利根川の一つの水源でもあらねばならぬのだ。

ばしや〳〵と私はその中へ踏みこんで行つた。そして切れる様に冷たいその水を掬み返し〳〵幾度となく掌に掬んで、手を洗ひ顔を洗ひ、頭を洗ひ、やがて腹のふくるゝまでに貪り飲んだ」

さながら甘露のようか。おいしい水をたらふく。ふっと息を吹き返すのだ。

「午前十時四十五分、終《つひ》に金精《こんせい》峠の絶頂に出た。真向ひにまろやかに高々と聳えてゐるのは男体山であつた。それと自分の立つてゐる金精峠との間の根がたに白銀色に光つて湛へてゐるのは湯元湖であつた。……。今までは毎日々々おほく渓間へ〳〵、山奥へ〳〵と奥深く入り込んで来たのであつたが、いまこの分水嶺の峰に立つて眺めやる東の方は流石に明るく開けて感ぜらるゝ」

金精峠（二〇二四メートル）、片品村と日光の境に位置する峠の絶頂に立つ。ようやく長い夢を果たし終えたのだ。いやこの終幕が大泣きものだ。老人には優しい牧水！　ちょっと長く引いておく。

「其処に来て老番人の顔色の甚しく曇つてゐるのを私は見た。どうかしたかと訊くと、旦那、折角だけれど俺はもう湯元に行くのは止しますべえ、といふ。どうしてだ、といぶかると、これで湯元まで行つて引返すころになるといま通つて来た路の霜柱が解けてゐる、その山坂を酒に酔つた身では歩くのが恐ろしいといふ。

「だから今夜泊つて明日朝早く帰ればいゝぢやないか。」

「やっぱりさうも行きましねヱ、（註、C—家の人夫に）いま出かけにもあゝ（今日中には帰れと）云うとりましたから……」

涙ぐんでゐるのかとも見ゆるその潤んだ眼を見てゐると、しみ〴〵私はこの老爺が哀れになつた。

「さうか、なるほどそれもさうかも知れぬ、……」

私は財布から紙幣を取り出して鼻紙に包みながら、

「ではネ、これを上げるから今度村へ降りた時に二升なり三升なり買つて来て、何処か戸棚の隅にでも隠して置いて独りで永く楽しむがいゝや。では御機嫌よう、左様なら。」

さう言ひ捨つると、彼の挨拶を聞き流して私はとつとと掌を立てた様な急坂を湯元温泉の方へ馳《か》け降り始めた」

渓の行く末

――以上。急ぎ脚で「みなかみ紀行」の足跡を辿り直してきた。そうしていまわたしはある感懐をおぼえている。ここにそこらのことを一言しておきたくある。

牧水が歩いた行程。信州上田に発して上州を横断して下野の日光に至る、いまその道は「日本ロマンチック街道」と呼ばれている。なんたる恥知らずな命名なろうか。しかもこれがなんとも「みなかみ紀行」を参考にしたルートだという。さきにロマンチック街道はマイカーで素通りしたことがある。だがぜったい歩きたくないし、みなさんをお誘いなどしない。

いったいわたしらのこの一世紀余のめったやたらな景観破壊といったらなんなのだか。牧水が歩いたのは、ロマンチック街道なんかではない、いまだ斧を知らない、あくまでも山道でしかありえない。

ここでわたしは唐突に想起するのである。前田普羅、渓恋の同志を。普羅は、長く富山に住んだ。その関わりもあり富山から神通川を遡行し奥飛騨の渓谷をしばしば探って、のちにその成果のほどを句集『飛騨紬』（昭二二）として上梓している。

普羅は、まずもってどんな気組みで飛騨の渓谷を探索しつづけたのか。

「飛騨にあこがれて行く人は、北からでも又南からでも只まつしぐらに高山町まで飛び込んだゝけでは、飛騨はほんとうの姿を見せて呉れまい。此等残された太古の飛騨高原を渓谷から渓谷に越す時にのみ「飛騨の細径」は真実の姿と心とを見せて呉れるのである。飛騨へ行くのは「飛騨に入る」と云ふのが当たる。東西南北、どちらから入つても、嶮峻な大山脈を越さねばならぬ。然し一度この高原には入つて仕舞へば、黒土の山につけられた細径と小径が高まつて出来た峠とは、小鳥の啼く湿原と耕された台地と又樹木に隠された往昔の人の通つた飛騨街道とにめぐり合はせて呉れる」(『渓谷を出づる人の言葉』昭四〇)

これぞおなじに牧水も一貫する探索の仕方でこそあろう。そしてまた自然への向かい方を示唆するものだ。ついてはともするとわたしらは、あまりにも安易に一直線「只まつしぐらに」目的地を到達することで、よしとしてしまってはいないか。

むろんそこには近年の四通八達ともいうべき、ロマンチック街道はいわずもがな、とんでもない交通機関の発達があってのことだ。だがじつはそれこそがわたしらから、ほんとうに自らの足で土を踏む愉みを奪ってしまう、そのことにつながったとはいえないか。ついては句集の「後記」にこうある。その驥尾《きび》に「昭和二十一年十一月三日憲法公布／祝賀の東京放送を聞きつゝ」と付記して。「時勢は飛騨をいつまでも山奥として残しては置くまい、又飛騨を横断してゐる汽車は必要な産業地点で人を降ろしたり乗せたりしてゐるが、そのほかは割合に飛騨奥山として残されてゐる」「山々、渓谷、小鳥の声、栗の木の多い雑木林、イチイ、モミ、ツガの森林、それらを貫く古い時代の通路、廃坑、廃坑への古径、チロルの山家に似た木造家屋なぞが、やさしい飛驒人をはぐくんで居る」

いやこれをどのように読んだらいいものやら。それから七十年余り経った飛驒渓谷はどうだ。こちらもさきに神通川を遡って徒渉実見しているのである。なんともいまやほんとまったく許されないありさまなのである。ともすると人はいうものだ。失ったものは、失うべくして、失ったのだと。それはだが逃げでしかない。

どんなものであろう。ひるがえって考えてみれば「みなかみ紀行」の牧水もこの渓恋の同志とおなじ思いでなかったか。あやまってはいまい。

ところでこちらは趣味で山遊びをするものだ。そこでもっぱら歩くことは、みてきた紀行ではその終幕のあたり、そこらを主にしてきた。主峰の日光白根山を中心に、すなわち大尻沼、丸沼、菅沼から金精峠、いったいの山稜となる。するとさすがに往時の面影がしのばれる。

大尻沼には、鴨の群れが遊ぶ。だがむろん丸沼には番人小屋は跡形もないのだ。そうしてあの菅沼はどうだろう、「やがて腹のふくるゝまでに貪り飲んだ」、というような牧水とはちがう。当然飲用不可。まったくもうロマンチック街道そのものでしかない。

となるといまとなっては紀行をそれと感受するには街道ではなく山道をゆくしかないだろう。というところで横道とまいり当方のイチオシ、菅沼の茶屋近くの登山口から白根山を目指し二時間余りの弥陀ヶ池、なかなかのその一景をここに紹介しておこう。

火口湖、それほどまで大掛かりなものでない。弥陀ヶ池、いやずいぶん小作りというのか。山上や山腹のそこにそっと、なにやら掌編の佳品さながら、ひっそりとある池畔や沼沢。おもうに牧水が佇んだのは、このような湖の水辺ではないか。そこにそうしていると牧水も好きだったろう、なんともいえない詩の一景がのぞまれるのだ。それは山村暮鳥（一八八四〜一九二四）である。

自分は山上の湖がすきだ／自分はそのみなぞこの青空がすきだ／その青空に白銀《しろがね》の月がでてゐる／ひるひなか／その月をめぐつて／魚が二三尾およいでゐる／ちやうど自分達のやうだ／おゝ人間のさびしさは深い（「山上にて」『梢の巣にて』大一〇）

それはさて思われるのだ。牧水は、それにしてもなぜこんなにも源を冀ってやまないのであろう。ほかでもない、渓の児、だからである。みなかみを探ることは、それこそ幼い日の坪谷の渓を歩くこと、ふるさとを辿ること。それはそしてまた母の温かい胎に帰ることであった。

第六章　旅の終わり

つく〴〵寂しく、苦しく、厭はしく

やっとのこと長く宿願の「みなかみ紀行」を無事に果たしえたのだ。しかしながらむろん、これをもって旅は終わりだという、ようにはまいらない。いやまだもっと歩き歩き倒さなければならぬ。それはしかしどこかで、つぎのようにも感じることがまま、なくはないのであるが。

「それにしてもどうも私には旅を貪《むさぼ》りすぎる傾向があっていけない。行かでもの処へまで、われから強ひて出かけて行つて烈しい失望や甲斐なき苦労を味ふ事が少なくない。

然しそれも、「斯ういふ所へもう二度と出かけて来る事はあるまい、思ひ切つてもう少し行つて見よう。」といふ概念や感傷が常に先立つてゐるのを思ふと、われながらまたあはれにも思はれて来るのである」（「草鞋の話　旅の話」）

「旅を貪りすぎる」。わからないではない。これこそ旅に憑かれた無宿人さながらの濡草鞋である者の思いなろう。ここにいうとおりだ。「旅を貪りすぎる」。

大正十二年（一九二三）、三十八歳。五月、第十四歌集『山桜の歌』刊行。七月、鳥好きの牧水、仏法僧（コノハズク）の鳴き声を聴きにその棲息地として有名な愛知県新城町の鳳来寺山へ。このときの文章が素晴らしいのだ。

「其処へ、心おぼえの啼声が聞えて来た。まさしくあの鳥である。仏法僧の声である。月を負うた山の闇から、闇の底から落ちて来る、とらへどころのない深い〳〵声である。聴き入れば聴き入るだけ魂の誘はれてゆく声である。玉をまろがすと言つては明るきに過ぎ、帛《きぬ》を裂くと言つては鋭きに過ぐる。無論、仏《ブツ》、法《ポウ》、僧《ソウ》などの乾いた音色《ねいろ》ではゆめさら無く、郭公、筒鳥の寂びた声に較べては更に数段の強みがあり、つやがある。眼前に見る大きな山全体のたましひのさまよひ歩く声だとも言ひたいほど、何とも形容する事の出来ない声である。

『ア、啼く、啼く、……』

私はいつか窓際にすり出て、両手を耳にあて、息を引きながら聴き入つた。相変らず所を移して啼く。一声二声啼いては所を変へる。暫くも同じところに留らない。ともすれば、山そのものが動いてゐるかとも聞きなさるることすらある」（「梅雨紀行」）

なおここ当山には十五年六月にも再訪している（参照「鳳来寺紀行」）。八月、鳳来寺山行からこのかた健康がすぐれず西伊豆海岸古宇《こう》（現・沼津市）にしばらく逗留することになる。

九月一日、牧水は、このときここ当地で関東大震災に遭遇しているのだ。ときに牧水の反応は俊敏であり、なんといちはやく「創作」十月号「大震大火紀念号」に着手発行にこぎつけているのだ。これがいまみてもじつに貴重な記録となりえているのである。このときに東京の版元や印刷所が壊滅して諸誌ともに十月号休刊となっている。そんななかでほとんど唯一活字になったからである。しかもその内容が一介の歌誌と思えぬほど充実しており、「震災地歴訪記」「避難民日記」「人と事と」「父母を訪ねて」、などなどほか社人十本の報告を掲載するしだい。これだけでもじゅうぶんに斬新な手法で牧水編集長の敏腕は素晴らしくあるといえよう。牧水は、この号に「地震日記」を寄せる。

「三度、四度と震動が続いた。……先づ私の心を襲うたものはツイ眼下から押し広まつて行つてゐる海であつた。海嘯《つなみ》であつた。

不思議にも波はぴたりと凪いでゐた。その日は朝からの風で、道路下の石垣に寄する小波の音が断えずぴたり／＼と聞えてゐたのだが、耳を立てゝもしいんとしてゐる。そして海面一帯がかすかに泡だつた様に見えて来た。驚いた事にはさうして音もなく泡だつてゐるうちに、ほんの二三分の間に、海面はぐつと高まつてゐるのであつた。約一個月の間見て暮した宿屋の前の海に五つ六つの岩が並び、満潮の時にはそのうちの四つ五つは隠れても唯だ一つだけ必ず上部一二尺を水面から抜き出してゐる一つの岩があつたが、気がつけばいつかそれまで水中に没してゐる。

『此奴は危険だ！』
私は周囲の人に注意した。そしてまさかの時にどういふ風に逃げるべきかと、家の背後から起って居る山の形に眼を配った」
いやなんともこの、動物的な瞬発力、といったらどうだ。

余震雑詠
夜に昼に地震《なゐ》ゆりつづくこの頃のこころすさびのすべなかりけり
（『黒松』没後昭和十三年刊行、以下）

家族は無事だ。たしかにそれは幸なことだったが、新聞社や版元が潰れ、稿料が入らず手許は不如意、どうしようもなく窮するばかり。「すさびのすべなかりけり」。でこのあと誘いの声がかかって、十月末から十一月中旬、甲府を通り、念場ヶ原、八が嶽山麓を踏み、信州へ入り、松原湖、千曲川上流に遊び、秩父渓谷を歩く（参照「木枯紀行」）。

松原湖畔雑詠　信濃南佐久郡なる松原湖畔の宿屋に同国の友人数名と落合ひ数日を遊び暮しぬ
無事なりきわれにも事のなかりきと相逢ひていふそのよろこびを

酒のみのわれ等がいのち露霜の消《け》やすきものを逢はでおかれぬ
　一夜ふとしたる事より笑ひ始めて一座五人ほとほと背骨の痛むまでに笑ひころげぬ
ひと言《こと》を誰《た》かいふただち可笑しさのたねとなりゆく今宵のまどゐ
笑ひこけて臍《へそ》の痛むと一人いふわれも痛むと泣きつつぞいふ

こもごも「無事なりき」「笑ひこけて」とはいい。なにしろ大震災後の一同再会であれば。十一月六日、鹿の湯温泉へ。そこで鯉の味噌焼で一杯やっていると、宿に「裁判官警察山林官連合」なる一行が来て邪険にされる。それで夕闇寒きなかを一里ほど歩き、湯沢の湯へ。たとえばそんな災難もあるが、こうして旅に出て酒を飲めれば、ともかくご機嫌なのである。

　野辺山が原　八が嶽北側の裾野を野辺山が原といふ、念場が原より更に広く更に高き高原なり
昨日見つけふもひねもす見つつゆかむ枯野がはての八が嶽の山
　千曲川上流
入りゆかむ千曲の川のみなかみの峰仰ぎみればはるけかりけり（その一、市場村附近）
とろとろと榾火《ほだび》燃えつつわが寒き草鞋の泥の乾き来るなり（その二、大深山村附近）
居酒屋の榾火のけむり出でてゆく軒端に冬の山晴れて見ゆ

寒しとて囲炉裏の前に厩《うまや》作り馬と飲み食ひすこの里人は　（その三、梓山村附近）
まるまると馬が寝てをり朝立《あさだち》の酒沸かし急ぐゐろりの前に

後二首は、人と家の内に飼われる馬と眠るさまを驚き詠む。いやまだまだ意気盛んなるかのようだ。しかしながらどこか疲労もみえなくもない。このときの旅にふれてこのように洩らしている。「つく〴〵寂しく、苦しく、厭はしく思ふ時がある。何の因果で斯んなところまでてく〳〵出懸けて来たのだらう、とわれながら恨めしく思はるゝ時がある。それでゐて矢張り旅は忘れられない。やめられない。これも一つの病気かも知れない」（「草鞋の話 旅の話」）

さらにまたこの頃から旅の様相も大きく変わることになる。

銭金算段行脚

大正十三年（一九二四）、三十九歳。この年頭の作が微笑ましい。まことに馬鹿正直というか超脳天気なるのか。

新年述懐

明けてわが四十といへる歳の数をかしきものに思ひなさるれ
　いつまでも子供めきたるわがこころわが行ひのはづかしきかな

三月初め、亡父十三回忌に長男旅人を伴い十一年ぶりに帰郷。このときには牧水の名は郷里で知られていたので、いうならば初めての錦を着ての帰省といえよう。とはいえさきざきで郷党を前にして濡草鞋である身を意識させられたことやら。四月下旬、母マキを伴って沼津へ戻る（マキは一ヵ月後に帰郷）。

旅中即興　故郷にて
山川のすがた静けきふるさとに帰り来てわが労《つか》れたるかも（坪谷村）

「労れたるかも」、とは気になる呟きだ。だがすぐまた草鞋を履くことになる。六月、鳥の声を聞きに甲州身延へ（参照「身延七面山紀行」）。

甲州七面山にて
水恋鳥とひとぞをしへし燃ゆる火のくれなゐの羽根の水恋鳥と

まなかひの若葉のそよぎこまやかにそよぎやまなく筒鳥きこゆ
年ごとにひとたび聞かでおかざりし郭公は啼くよこの霧の海のなかに

「水恋鳥」とは、赤翡翠《あかしょうびん》の別称。めったにお目に掛かれない渓谷に棲む美しく珍しい鳥なのである。いっぽう「筒鳥」と「郭公」は「いつからとなく私の心のなかに寂しい巣をくつてゐた」という愛しい鳥。いやほんとうに鳥好き牧水の微笑みがみえるようだ。ついでに鳥に関わって、こんな美しい文がみえる。

「山も動け、川も動け、山も眠れ、川も眠れと啼き澄ます是らの鳥のはげしい寂しい啼声を聴く時は、自ずとこの天地のたましいがかすかに其処に動いてゐる神々しさを感ずるのである」(「夏を愛する言葉」)

七月、紀行文集『みなかみ紀行』刊行。八月、上香貫から沼津市の西はずれ千本松に転居。九月、創作社発行所を兼ねた土地購入と住宅建築資金集めのために、短冊半折揮毫頒布の会、第一回を沼津で開く。以後、広く各地で催す。いやこれがこののちちょっと大事《おおごと》、いかんともしがたく、重荷におぼえるようになってくる。

転居雑詠

うとましきこれらの荷物いつのまにわが溜めにけむ家なしにして
身ひとつにさらばゆかむと行かるべき軽々しき身にあるべかりしを

「身ひとつに」。それこそが濡草鞋の心意気なるはずだ。もっといえば非所有であることが。それなのにこんなにも「荷物」をかかえようとはという嘆息。自嘲。しかしながらこの松原の地は素晴らしいものがある。鳥が囀るし、富士を正面に、浪が砕ける。

沼津千本松原
をりをりに姿見えつつ老松の梢《うれ》のしげみに啼きあそぶ鳥
鵯《ひよ》の鳥なきかはしたる松原の下草は枯れてみそさざいの声
冬寂びし愛鷹山《あしたかやま》のうへに聳え雪ゆたかなる富士の高山

千本浜の冬浪
大海のうねりの端《はし》の此処に到り裂けくつがへりとよみたるかも

大正十四年（一九二五）、四十歳。一月、大阪で揮毫会、京都、神戸と回る。二月、随筆集『樹木とその葉』刊行。同月、揮毫会で得た金に銀行の借金で、沼津市市道町に約五百坪の土地購入。住居新築と、また新雑誌創刊を企図し、四月の信州佐久を皮切りに、岐阜、名古屋へ。以降、資金集め目的の揮毫旅行に明け暮れる。毎度の銭金算段の行脚だ。牧水は、ときにしきりと思い知らされただろう。

これまでずっと万年借家暮らしつづきできた濡草鞋風情。そんなやつが家を持とうなどとは！　それこそが誤りなろうぞ、と。このことではそのさきに「三界無宿の身で、……おしまひまでこれで押してゆくのかも知れない」（「貧乏首尾無し」）といっていたというのに。

ほんとうになんとも「みなかみ紀行」とは大違いなるありさまでないか。まさに東奔西走の旅であって、なんとも艱難辛苦の行である。この間の揮毫行脚の大略は「創作」十月号の「創作社便」に語られているが、なかにこんな記述がみえる。そんな「酒気が切れると身の置所がないので日に三四度づつ飲む。飲めば乃ち寝る。その間に飼犬が二匹子を生んだ。子供たちその二匹に命名して曰く、「ノム」と「ネル」」なりと。

十一月、十二月、九州各地をあわただしく銭金算段行脚。その折に老母と二人の姉を伴って別府温泉に遊ぶ。これだけはこの旅で救いだったろう。牧水は、じつはそのときに母に打ち明けるようにした。

「「阿母さん、わたしも随分ともう酒を飲んで来たからこれから少し慎しまうとおもふよ。」母の返事は意外であつた。「インニヤ、酒で焼き固めた身体ぢヤかル、やつぱり飲まにやいかん。」」（「九州めぐりの追憶」）

なんとそのように母マキがいったという。いやよくわかったお母さんであること。それにしてもまあ飲みつづけたものである。

「今度の九州旅行は要するに大酒ぐらひのわたしとしての最後であつた。とにかく思ひおくことなく飲んで来た。五十一日の間、殆んど高低なく毎日飲み続け、朝、三四合、昼、四五合、夜、一升以上といふところであつた。而して、この間、揮毫をしながら大きな器で傾けつつあるのである。また、別に宴会なるものがあつた。一日平均二升五合に見つもり、この旅の間に一人して約一石三斗を飲んで来た、と数字に示された時は、流石のわたしも物がいへなかつた。

が、これで安心してこの馬鹿飲みの癖をやめることが出来るといふものである。現にもうやめてゐる。やめなければならぬ所まで到達して来たのである。やれやれ長い道中ではあつたぞよといふ気持である」

疲労は激しく、歌作も少ない。そんなやたらな移りゆきになんとも、どうにもはかなげな作がはさまる。ときにつぎのような夢を見るようになると、どういうかちょっと人は危ういのではないか。それもやはりまた「母」だというのである。

夢

鮎焼きて母はおはしきゆめみての後《のち》もうしろでありありと見ゆ
夢ならで逢ひがたき母のおもかげの常におなじき瞳したまふ
かたくなの母の心をなほしかねつその子もいつか老いてゆくなる

大正十五年・昭和元年（一九二六）、四十一歳。五月、前年から計画していた、牧水曰く、詩歌句を綜合する「各詩型に拠る日本詩歌界の鳥瞰図」たる新月刊誌「詩歌時代」創刊。大きな評判を呼ぶ。直接購読三千を数えるも、経費が大きく嵩みすぎ、当初から赤字で苦境に陥る。こうなると酒に救いを求めるしかない。じつはこのさきに「現にもうやめてゐる」と書いたばかりなのだが。

酒

かなしみて飲めばこの酒いちはやくわれを酔はしむ泣くべかりけり
われはもよ泣きて申さむかしこみて飲むこの酒になにの毒あらむ

なんてどうしようもない酒飲みでしかなくなっている。牧水は、なんでまたその赤字が深酒の原因ともなろうに、あくことなく雑誌の発刊に血眼になるのであろう。これまでも主宰誌「創作」の青息吐息の運営経緯はべつにして、「新文学」（明四一、計画段階で断念）、「自然」（明四五、一号で廃刊）の企画ほか、かなりの数の歌誌に参画し編集に関わっている。さきにもふれたが牧水の編集手腕は素晴らしいものがある。もっといえば濡草鞋特有でこそあろう人心収攬術はといったら。

それはさて四十の声をきいて、またもや雑誌を出そうという。これはいかなる心がする挙ではあるのか。このことに関わっていま、わたしなりに手短にいうならば、このように考えられるのだ。

どんなものだろう、それはあえて本稿の文脈にしたがえば濡草鞋が大見得めいてする顔見せ興業のようなもの、とはみられないか。ときに浮かぶのは「何か彼か、事業といふ様なことを空想して飛び歩いてゐた」という父のことだ。いうにいわれぬ余人にはどうにも理解しがたいその屈託のほどである。それはそう、それこそひとり牧水のせいならず「事業といふ様なことを空想」してやまない血統がさせようこと、なのだろう。そうしてその尻拭いの揮毫旅行もどこか旅役者の興業気分みたくあるのだ。

それにしも「詩歌時代」のことである。なんともときの錚々たる顔ぶれが勢揃いするのである。まずもってこの創刊陣容はどうだろう。

評論では、萩原朔太郎、窪田空穂、長詩では、高村光太郎、室生犀星……。散文詩では、吉田一穂……。俳句では、河東碧梧桐、村上鬼城、……。短歌では、吉井勇、金子薫園……。童謡民謡では、野口雨情、浜田広介……。

第二号では、さらには柳田國男、相馬御風、またときの前線は革命的詩人の萩原恭次郎の名前まである。第三号では、芥川龍之介……、いやもうよそう。

千本松原

大正十五年・昭和元年（一九二六）。八月、このとき牧水の日々に関わり深い問題が惹起している。それは静岡県当局による千本松原伐採処分問題である。これにいち早く沼津市に反対運動が起こっている。このことでは松原を愛してやまない牧水も黙していない。

千本松原は、沼津市の狩野川《かのがわ》河口から、富士市の田子の浦港の間約十キロの富士海岸（通称、千本浜）に沿いつづく。ぜったいこの松の一本も伐らせはしまい。牧水は、ここぞとばかり「沼津千本松原」と題する文章を「沼津日日新聞」および「時事新報」に寄せて運動を支えるのだ。それがどのような論調であったものやら。以下、ちょっと長くなるが後者からここに引いておく。

「松は多く古松、二抱へ三抱へのものが眼の及ぶ限りみつちりと相並んで聳え立つてゐるのである。ことに珍しいのはすべて此処の松には所謂《いはゆる》磯馴松《そなれまつ》の曲りくねつた姿態がなく、杉や欅《けやき》に見る真直な幹を伸ばして矗々《ちくちく》と聳えて居ることである」

そしてこの松原はというと、よくある白砂青松ではない、そこにこそ特色ありという。たしかによくある白砂に青松なら風呂屋の壁絵的には美麗な一幅であるといえよう。だけどそれじゃいかにも俗悪《キッチュ》というものでしかなかろう。ところが「此処には聳え立った松の下草に見ごとな雑木林が繁茂してゐるのである。下草だの雑木だのと云っても一握りの小さな枝幹を想像してはいけない。いづれも一抱へ前後、或はそれを越えてゐるものがある」のである。さらにもっといえばそのバラエティのゆたかさったらない。

「最も多いのはたぶ、犬ゆづり葉の二種類で、一は犬樟《いぬぐす》とも玉樟《たまぐす》ともいふ樟科《くすのきか》の木であり、一は本当のゆづり葉の木のやゝ葉の小さいものである。そして共にかゞやかしい葉を持った常緑樹である。その他冬青木《もち》、椿、楢《なら》、櫨《はぜ》、楝《あふち》、椋《むく》、とべら、胡頽子《ぐみ》、臭木《くさぎ》等多く、楤《たら》などの思ひがけないものも立ち混ってゐる。而《そ》して此等の木々の根がたには篠《ささ》や虎杖《いたどり》が生え、まんりやう藪柑子《やぶかうじ》が群がり、所によっては羊歯《しだ》が密生してをる。さういふ所に入ってゆくと、もう浜の松原の感じではない。森林の中を歩く気持である」

いやほんとなんと詳しくあることか。もともと渓の児なるところ、くわえてこれまで、さんざん山を歩いているのだ。でそこでこのように訴えをもってゆく。

「幾らの銭のために増誉上人（註、千本松を植成した名僧）以来幾百歳の歳月の結晶ともいふべきこの老樹たちを犠牲にしようといふのであらうか。

私は無論その松原の蔭に住む一私人としてこの事を嘆き悲しむ。が、そればかりではない。比類なき自然のこの一つの美しさを眺め楽しむ一公人として、またその美しさを歌ひ讃へて世人と共に楽しまうとする一詩人として、限りなく嘆き悲しむのである。まつたく此処が伐られたらば日本にはもう斯の松原は見られないのである。豈《あに》其処の蔭に住む一私人の嘆きのみならむやである。

静岡県にも、県庁にも、また沼津市にも、具眼の士のある事を信ずる。而して眼前の些事に囚はれず徐《おもむろ》に百年の計を建てゝ欲しいことを請ひ祈るものである」（「時事新報」大一五・九・一四〜一六）

いまこれをいかに読まれるだろう。これまでどうかするとしばしば牧水を難ずるあまりに、「社会的な視点や批判性が希薄だ」、というような批評を目にさせられてきたことがある。なるほどそこらは頷けなくもない。しかしおもうに山河彷徨者であれば、どうしたって自然破壊にだけは心底我慢できなかった、いやぜったいに濡草鞋残党としては。

このことでは牧水の力もあずかって、いまもなお松原は守られている。牧水は、じつになんとも弁士として「千本松原伐採反対市民大会」において熱弁をふるっている。だけどどうもその弁の熱さのわりに聴取受けしなくて冷や汗ものだったとか。だがなにはともあれ松は伐られなかったのだ。しかしながらいま現在みられるそれは牧水の夢見ていたあるべき松原とはべつのものである。それこそかつての「森林の中を歩く気持」になれるそれとは。さきに引いた「沼津千本松原」の歌にある。

時雨すぎし松の林の下草になびきまつはれる冬の日の靄

松原のなかのほそみち道ばたになびき伏したる冬草の色

いまはもう雑木はおろかここにある下草もありえない。あたりいったいすっかり綺麗に取り除かれ整地されてしまっているのだ。あまつさえ松原と海岸の間には堤防が築かれて景観は台無しとくる。

どうしてそのような人工的なことをするのか。というところでおなじ環境の問題のつながりで、ここにいま一人の名前をだしてふれることにする。そのさきにまたこんな詩歌人がいたのである。それは河東碧梧桐である。明治三十六年（一九〇三）末、碧梧桐は、郷里松山に帰った折、「帰省句稿」と題して詠んでいる。

高浜上陸

故郷の赤土山や枯尾花　（「ホトトギス」明三七・三）

冬枯れの丸裸の「赤土山」、そこに寒々として、「枯尾花」を点描する一景。それがのちに『続三千里』の旅にあって、ふとこの句の光景が浮かんでき、このように一信に綴るのである。「故郷の山は、自分の記憶に存する所が、大方禿山か草山であつた。……。朝鮮支那を連想する。制度文物の亡国的を想到する」(明四三・八・五)と。でこのときにしばしば喧伝された「朝鮮支那」の森林皆伐を引き合いに出し、つよく故郷の「亡国的」な景観への警告と植林の重要さにおよぶのである。

このことではまた『三千里』の一信もみられたし。そこはどこかというと下野は足尾においてのことである。碧梧桐は、このとき田中正造翁が鉱毒問題を天皇に直訴した足尾銅山の惨状を直視するのだ。そうしてあるべき対策を思案してのべている。これぞまさに詩歌からの環境問題発言として嚆矢といえないか。「裏山に上つて、鉱山の赭禿《あかはげ》たのと、草木の装飾の落寞《らくばく》たる町を瞰下《みおろ》しながら、この足尾の山の中に一木一草たりとも、青いものを植えふやすといふことは、人間がせち辛い世の中に立つて、一善一徳を旦暮《あけくれ》積んで行くのと同じことだと思ふ」(明三九・九・一三)と。それにとどまらず日を置いて綴ってもいるのである。

足尾の糸瓜忌の一巻に句を題せよといふ

山に木を植うると子規忌とを忘れ得ぬ　(同・一〇・六)

碧梧桐と、牧水と。生涯にわたって多く山河を巡りつづけた両者。ともにまことの自然保護運動の先駆的存在なるといえよう。

北海道へ、朝鮮へ

黒松
黒松の黒みはてたる幹の色葉のいろをめづ朝見ゆふべ見
黒松の老木のうれぞ静かなる風吹けば吹き雨ふれば降り

歌集の題名になった、その評に格調の高さを、いわれる連作の二首。だけどどうもこちらには、これを早すぎる老境というか、あるいは長らくの疲労のためではと、みられてならない。

このことにもつながるが、はたして「詩歌時代」はというと、どのようになっていよう。やはりというべきだろう、資金不足のために経営不能、十月号六冊をもって廃刊決定、というありさまなのだ。しめておよそ一万数千円にのぼる印刷所への負債捕捉（ちなみにただいまの貨幣価値に換算して一千倍かもっとなろうか）にのぼるとか。そのためにこれからのち猛烈な揮毫旅行を余儀なくされるにいたるのだ。

九月下旬から十二月上旬にかけ、妻同伴で北海道へ。福島、盛岡、青森などを経て、函館、札幌、岩見沢、旭川、幾春別、幌内、上砂川、深川、名寄、紋別、網走、北見、池田町、帯広、歌志内、夕張、小樽、ほか各地で揮毫会を行う（参照「北海道行脚日記」「北海道雑感」）。これが八十日に近い辛い長旅であるが、どうにもこうにも疲労が激しく歌作もいま一つ振るわないのである。それでここに引く歌はなさそうだ。ここでは一つのエピソードを引いておく。

それは旭川第七師団赴任の軍人・歌人斎藤瀏《りゅう》（二・二六事件に際し反乱幇助罪で服役）宅に宿泊した折のはなし。牧水は、このときに瀏の長女で十七歳の斎藤史《ふみ》に作歌を勧めたことだ。史は、のちに戦後を代表する歌人になる。

これぐらいがこの長旅の功績といっていいか。疲れ果てて旅から帰った。その年の瀬のいつか詠んだ歌にある。

椎の実

ふるさとの母にねだらむとおもひゐし椎の実をけふ友より貰ひぬ　（その一）

椎の実の黒くちひさき粒々をてのひらにして心をさなし

やっぱりお母さんである。「椎の実」は、軽めに炒って食べる。こちらもガキの頃にいただいたが、これがなんとも香ばしいのである。くわえて酒の肴にもいい。牧水、「心をさなし」児のままに、ときにきっと涙で食べ飲んだことやら。

昭和二年元旦
ふと見れば時計とまりをり元日のあかつきにして見れば可笑しき

昭和二年（一九二七）、四十二歳。元朝に気づいたら時計が止まっている。なんとなし可笑しくありどこか不吉めいてみえる一首ではないか。やはりこの年初から不調なようすだ。朝昼の酒はダメと、節酒に苦しむのだ。このころ第一章で引いた「鮎つりの思ひ出」と題して、渓で遊んだ幼い日をしのび二十五首の多くを詠んでいる。ここにいたって浮かぶのはもっぱら、幼い日の郷里坪谷の思い出、ばかりとなって留めようもなさ。これをみるにつけよほど心も体も弱り切っていたとおぼしくある。ついてはつぎなる苦しげな歌もみえるのである。

述懐
たひらかにありがたき心われにあり苦しみあへぐわれみづからに
身に近き友のたれかれを思ひみつ寂しからぬなし人の生きざま

五月初め、またもや心身不調なところ借金返済のために揮毫旅行とあいなる。このたびはそれも植民地であった朝鮮までもというのだ。やはり安全弁としての妻同伴である。それがなんとも二ヵ月余りにわたって、釜山、光州、木浦、珍島、京城、金剛山、仁川、大邱、ほかをめぐる長丁場というのである（参照「朝鮮紀行葉書日記」「朝鮮紀行」）。だけどやはりこの旅にもこれはと引きたいような歌はみえないのである。それでもこの二首はまあいいか。

旅中即興の歌　金剛山内、万瀑洞にて

淵のかみ淵のしもにしたぎちたるたぎつ瀬のなかの淵の静けさ

金剛山の渓間に山木蓮なる花あり、寧ろ辛夷に似て更に真白く更に豊かなる花なり

たぎつ瀬にたぎち流るる水のたま珠より白き山木蓮の花

どういうかやはり、渓の児であれば彼の地の詠をみても渓の歌、がよろしいようだ。七月中旬、朝鮮からの帰路、九州を旅し、坪谷に立ち寄る。牧水は、ときに山容や渓谷を写真に収め、老母と夫婦が並ぶ光景を撮らせた。そしてこれが最後の帰郷となることに。

月末、ほぼ三ヵ月近い長旅を終え、沼津に帰るが、体調が復さない。病床にありがちの、状態がつづくのだ。病人は、このときに引っ越し以来の夢である掘り抜き井戸を掘り当て大喜びする。つづいて池を掘り周りに草木を植えて鯉を飼うことに。というあたりどういうか、どうにもなんともこれからのち長くある家居を予想しての挙だったのではと、しのばれてならないのだ。

病状は、はかばかしくなく「過労若しくは栄養不良から来た神経衰弱」というわからなさ。これがこのときの主治医による診断とのことである。十二月中旬、小康状態を得て富士裾野を巡る。

裾野にて
天地《あめつち》のこころあらはにあらはれて輝けるかも富士の高嶺は

牧水は、このとき「富士の高嶺」に何事を願掛けしたろう。きっとおそらく、歩きたし歩きたし、とだけだったか。しかしながら長旅はもう無理というのである。もはやいくら糟糠の妻喜志子が祈願したところで。

やみがたき君がいのちの飢《うえ》かつゑ飽き足らふまでいませ旅路に　喜志子（『筑摩野』）

あしなえ、酒ほしさ
昭和三年（一九二八）、四十三歳。一月、「創作」新年号に載る随筆「流るる水（その二）」。これが胸を塞ぐのだ。
「ろくにまだ足もきかない癖に、いや却つてそのためか、其処か此処か草鞋を履いて出歩きたい所が空想せられていけない。ぽかんとした頭のなかには幾枚かの地図がひろげられてあるのだ」として幾つかの旅程をあげて、なかに「もう一つ、これはやや大きくなる。天竜川の岸に沿うててくてくと歩く。信州地《ママ》伊那のたひらに入り、諏訪湖の岸に出、登れたら蓼科か八ヶ嶽かに登り」云々……。「あれ、これ、考へてゐると身体がぞくぞくして来る」と。そうして「あしなえのゐろり火おこす上手なる」とへなぶる。あんなにも歩きに歩いた男が「あしなえ」？ それでもって「ゐろり」に丸くなっているだって。これを読んでいて浮かんでくるこの頃のこんな歌がある。

はつふゆ
朝宵に囲炉裡にかざすもろ手なり瘠せたるかなや老《おい》のごとくに

などとはちょっと哀しすぎないか。そしてこの一文のおわり「晴れた日には浜から遠く信州伊那の赤石山脈一帯の雪が望まるる。よし、よし、この夏あたり其処の山にも登つてゆき峰から峰の雪の上を這ひずり廻つて来ませうぞよ」なんぞと元気めかしぶり。いやはやなんとも辛いかぎりでは。さらにおなじ新年号の「創作社便」においていう。
「何事もむだではなかつた、と思ふ癖を此頃わたしは持つ様になつた」として「ついで故、もう一つの此頃の癖をも書きつけておかう。それは、自分自身を自然の一部だと思ふ様になつた事である」

と。いったいどうしてこの境地にいたったものだろう。
三月初め、脚力を試そうと、草鞋を履いている。御殿場から長尾峠を越えて箱根に遊び、吹雪を衝いて小田原に出て、東伊豆の温泉を回り、天城越えをして湯ヶ島温泉へ。なんともこの一週間の旅で一日に「朝二合昼二合夕方四合締めて一升（！）」と定めていた酒が度を過ごし衰弱したとかいう。でそれにもかかわらず七月中頃よりなんと、まだその間に近くに小旅行を繰り返しつづけ、なおひどく症状悪化をみることになるとか。じつにこの頃の歌が凄まじいのだ。

合掌

妻が眼を盗みて飲める酒なれば惶《あわ》て飲み噎《む》せ鼻ゆこぼしつ
うらかなしはしためにさへ気をおきて盗み飲む酒とわがなりにけり
足音を忍ばせて行けば台所にわが酒の壜は立ちて待ちをる

曇を憎む

つばくらめ飛びかひ啼けりこの朝の狂ほしきばかり重き曇に
降るべくは降れ照るべくは照りいでよ今日の曇はわれを狂はしむ

「盗みて飲める酒」、「盗み飲む酒」、「酒の壜は」、「狂ほしき」、「狂はしむ」……。こんなふうではさぞ、妄想譫妄（?）、ひどかったのだろう。

八月下旬、甲斐下部《しもべ》温泉に静養に行くも、湯治客で混雑のために二泊で帰宅。九月初め、連日つづけていた日光浴のために両脚の足裏に火傷が出来て臥床。口内炎、下痢発熱、全身発疹。もうその刻はギャロップで迫っている。

九月十三日、急性腸胃炎兼肝臓硬変症（肥大性肝硬変）で重態。むろんのこと酒毒過剰摂取のせいである。ときに長女の石井みさきの『父・若山牧水』によると十三日から十六日まで、付添看護婦の食餌記録表によると、毎日一〇〇〇ｃｃ（！）の酒が病人に与えられたと。みさきは書いている。「勿論酒の味などあまりなかったが、酒をきらしては昼も夜もどうしても眠れず、言はば一種の注射のようなものであった」と。ついては妻喜志子の回想にもある。「お酒だけは不断に要求して止まなかつた」（「病床に侍して」「創作　若山牧水追悼号」昭三・一二）と。

九月十七日朝、容態急変。家族、親戚、友人、門人らから末期の水代わりの酒で唇を湿されつつ、永眠。享年四十三。法名、古松院仙誉牧水居士。いまからみれば若死にではあろうが、明治大正期の平均寿命は四十歳代、であればまあ相応なところであった。

さてその遺体であるが、十二分にアルコールが浸み込んでいて、死後変化が遅かったという。主治医の報告にある。「附記」九月十九日、御葬儀ノ日」として以下のように。「滅後三日ヲ経過シ而カモ当日ノ如キハ強烈ナル残暑ニモ係ラズ、殆ンド何等ノ屍臭ナク、又顔面ノ何処ニモ一ノ死斑サヘ発現シ居ラザリキ。（斯ル現象ハ内部ヨリノ「アルコホル」ノ湿潤ニ因ルモノカ。）」（稲玉信吾「若山牧水先生ノ病況概要」同上）

遺骨は、かの千本松を植成した名僧増誉上人が開いた庵、沼津市の千本山乗運寺に葬られた。没後、発見された遺詠とされる、二首。

最後の歌

酒ほしさまぎらはすとて庭に出でつ庭草をぬくこの庭草を

芹の葉の茂みがうへに登りゐてこれの子蟹はものたべてをり

いやじっさいほんとうに喉から手が出るほど「酒」がほしかったのだろう。そうしてそれこそ「子蟹」のようにも「もの」ならず一杯やりたかったのやら。いじましく切ないといおうか、じつになんとも凄まじすぎる。

昭和四年（一九二九）八月、母マキ死去。享年八十一。マキは、生前、「自分が死んだら繋の分骨を私の胸に抱かせて埋めてほしい」と告げていた。遺族は、むろんその願いを叶えている。マザコン牧水、死んでもお母さん児のままだ。

生命を如何に徹底的に酷使し

没後、「創作」は、いちはやく死去の年の十二月号に「若山牧水追悼号」を編んでいる。これが短期日の編纂ながら、じつに充実した内容である。ここではそのなかから本稿に関わりが深い幾篇かをみてゆくことにする。まずは生涯の師尾上紫舟の挽歌から。十一首のうち二首。

尋ね来て小さく座りし少年の君が姿の消えむ日あらめや
そのかみの西行芭蕉良寛の列に誰置くわれ君を置く

明治三十八年(一九〇五)、二十歳。五月、牧水は、初めて紫舟を尋ねる。短軀で童顔の牧水。どこかおさなげな「少年の君が」やがて「西行芭蕉良寛の列に」連なろうとはという。おもうに紫舟にとってこれは逆縁といえる。ほんとうまことに、師ならではの涙とどめえぬ悼、ではないだろうか。

ついで引用したいのは、作家で歌人の岡本かの子(一八八九〜一九三九)、じつにこの女人である。紫舟は、西行を先達に挙げた。でこのことを承知してかどうか、仏教に造詣の深い女史は故人を、つぎのように称賛しているのだ。

「然し何と云つても牧水さんは自然詩人であつた。たゞし西行とは異を感じる。西行は何処までも宗教的人生観を根底に持つて後に自然に向つた。牧水さんは自然と直面である。その間に何の思想も観念も介在しない。その点、西行よりより純粋な自然詩人であつたと思ふ。自然を御飯のやうに喰べた。お酒のやうに呑んだ。自然が用捨なく牧水さんに溶流し傾倒し一致したのは当然である。牧水さんこそわが国古今唯一の自然詩人であると極言出来る。古今の大歌人に自然の秀歌がいくばくはあるにしても牧水さんほど徹頭徹尾自然と自家の歌を終始せしめた人は無い。……。否、牧水さんこそとりもなほさず自然そのものであつたと云へる。自然の子であり親であり同胞であり恋人である牧水さんが死んで日本の自然も淋しいことであらう」（「牧水さん」）

いやさすがに、かの子なる、かなであろう。じつに素晴らしい悼詞である。「牧水さんが死んで日本の自然も淋しいことであらう」。これだけでじゅうぶんに濡草鞋者の牧水、全体を単刀直入にいいつくしている。

さらにまた挙げるべき方はというと、もっとも近しかった友となろう。それは土岐善麿である。善麿は、つぎのように正しくも亡き友の酒について糺すのである。

「牧水は遂々《とうとう》酒に命を襲はれた。――

といふやうに考へることは、彼に対してあまりに粗雑過ぎる。彼は酒と融合同化してしまつたのだ。その「酒」は、舌にあまく、腸に沁みたに相違ないが、彼の長からぬ生涯を通じて思へば、あの芭蕉や西行の感じた人生の「寂しさ」が彼にとつては「酒」に象徴されてゐたのだ。

寂しさにおのおの耐へて在り経つゝいつか終りとならむとすらむ

かういふ晩年の一首を読んでも、彼の「寂しさ」は純真に東洋的な、伝統的なもので、西洋的の哲学思想とか、新しい社会思想とかいふことの要素は、殆んど彼に没交渉のものだつた。彼が徹頭徹尾日本固有の三十一音詩にその表現形式を定めて、他を顧みることの無かつたのも、むしろ当然だし、自然だといつてい丶」(「牧水追憶」)

なにしろその生涯に詠んだ酒の歌は三百首にあまるという。どんなものだろう、これがまた「酒」を語ることでもって、それだけで友の人となりまでを、いっていないか。さらにはその根本をなすものについて、まことに見事にいいつくしていよう。

そしてさいごに未亡人、若山喜志子ということになる。これには一言もいらない、ただもう沈黙するだけだ。

かたちに添ふかげとし念じうつそ身をわれはや君に捧げ来にしを　喜志子(「納棺のをりに」)

「其の享けてきた生命を如何に徹底的に酷使して(好き意味に)死んで行つた彼の人であつたかと云ふことが、今更のやうに身にしみて考へさせられました」(喜志子「創作社便」)

ここまですべて「創作」誌「若山牧水追悼号」のみをみてきた。だがここにきていま一つ悼詞を挙げておきたくなった。それは川端康成（一八九九～一九七二）である。川端は、『伊豆の踊子』（「文芸時代」大一五・一、二）執筆時、しばしば牧水を湯ヶ島温泉で目にしたらしい。康成は、そこでまず故人の風貌におよぶ。「牧水氏の丸顔には詩歌の魂であるべき童心そのものの柔い美しさがあつた。しかしまた、詩歌の道の智恵そのもののやうな厳しい美しさがあつた。一言でいへば東洋風の悟りをかたどつた木仏を思はせる姿であつた」として綴るのである。

「直ぐまざまざと思ひ出すのはあの白い股引きを出し尻はしよりした山帰りの姿である。喜志子夫人の立派さに引き換へて牧水氏は小柄であり、体は年より老けて見え、百姓然とし、村夫子然とし、いかにもみすぼらしかつた。あの童顔の厳しい美しさがなければ、名歌人とは信じられない程だつた。しかし、それが旅人の姿、旅に色づいた顔であることは、行きずりの一目で感じられる今西行の面影であつた。季節は忘れたが、その山帰りに牧水氏は花やかな花でなく、質朴な花を手にさげていた」（「若山牧水氏と湯ヶ島温泉」「サンデー毎日」昭三・一一・二五）

よくみておいでだ、「今西行」、それはさてとして。さすがに眼光の鋭い作家ではある。

昭和四十三年（一九六八）八月、喜志子、死去。享年八十。

「空想と願望」――あとがきがわりに

「ザ・ワンダラー　濡草鞋者　牧水」。すなわち教科書のそれではない、世間の外にある、異数の衆である、ひとりの漂泊者でこそある。そのような牧水を俎上にしてきた。

しかしながらはたして旧来の牧水像を超出することができたか。いささか心期すものがあるが、いっぽう心許なくなくもない。いたらぬところは、この本を手にされた読者のかたに委ね補って、いただくことにしよう。

牧水さん、いまごろどこらあたりを歩きまわっておいでなのか。ついてはさいごに偏愛の牧水の詩篇「空想と願望」全行を端折らず引用してしまいとしよう。どうしてそうせんとするか、それはこの詩がもっともよくその歌と人となりのありようを語りつくして、あまさないとみるからだ。

「ザ・ワンダラー　濡草鞋者　牧水」。放埒なるその美質。はじめてこちらは気づかされたのである、十五ではなく五十をすぎて、ここにはそのすべてが謳われてないかと。

天衣無縫な「空想」と、さながら濡草鞋の口八丁手八丁的な自在境といおうか、気儘気随な「願望」と。あれこれエトセトラ、なんとも歩く徒らしくあることノンシャランもよろしい書き散らしまがい、グラフィティそのもの。

「ザ・ワンダラー　濡草鞋者　牧水」おしまいにあたり、なんだかほのぼのと嬉しくほどけるような、「空想と願望」をあとがきがわりに。

噴火口のあとともいふべき、山のいただきの、さまで大きからぬ湖。／あたり囲む鬱蒼たる森。／森と湖との間ほぼ一町あまり、ゆるやかなる傾斜となり、青篠密生す。／青篠の尽くるところ、幅三四間、白くこまかき砂地となり、渚に及ぶ。／その砂地に一人寝の天幕を立てて暫く暮し度い。／ペンとノートと、／愛好する書籍。／堅牢なる釣洋燈《つりランプ》、／精良な飲料、食料。／石楠木《しゃくなぎ》咲き、／郭公、啼く。

誰一人知人に会はないで／ふところの心配なしに、／東京中の街から街を歩き、／うまいといふものを飲み、且つ食つて廻り度い。

遠く望む噴火山のいただきのかすかな煙のやうに、／腹這つて覗く噴火口の底のうなりの様に、／そして、千年も万年も呼吸を続ける歌が詠み度い。

遠く、遠く突き出た岬のはな、／右も、左も、まん前もすべて浪、浪、／僅かに自分のしりへに陸が続く。／そんなところに、いつまでも、立つてゐたい。

いつでも立ち上つて手を洗へるやう、／手近なところに清水を引いた、／書斎が造り度い。

咲き、散り、／咲き、散る／とりどりの花のすがたを、／まばたきもせずに見てゐたい。／萌えては枯れ、／枯れては落つる、／落葉樹の葉のすがたをも、／また。

山と山とが相迫り、／迫り迫つて／其処にかすかな水が生れる。／岩には苔、／苔には花、／花から花の下を、／伝ひ、滴り、／やがては相寄つて／岩のはなから落つる／一すぢの糸のやうな／まつしろな滝を、／ひねもす見て暮し度い。

いつでも、／ほほゑみを、／眼に、／こころに、／やどしてゐたい。

自分のうしろ姿が、／いつでも見えてるやうに／生き度い。

窓といふ／窓をあけ放つても、／蚊や／虫の／入つて来ない、／夏はないかなア。

日本国中の／港といふ港に、／泊つて歩き度い。

死火山、／活火山、／火山から／火山の、／裾野から／裾野を、／天幕を担《かつ》いで、／寝て歩きたい。

日本国中にある／樹のすがたと、／その名を、／知りたい。

おもふ時に、／おもふものが、／飲みたい。

欲しい時に、／燐寸《マッチ》よ、／あつて呉れ。
煙草《タバコ》の味が、／いつでも／うまくて呉れ。
或る時に／可愛いいやうに、／妻と／子が、／可愛いいと／いい。
おもふ時に／降り／おもふ時に／晴れて呉れ。
眼が覚めたら／枕もとに、／かならず／新聞が／来てるといい。
庭の畑の／野菜に、／どうか、／虫よ、／附かんで呉れ。
麦酒《ビール》が／いつも、／冷えてると、／いい。

（「空想と願望」）

牧水略年譜

明治十八（一八八五）年、八月二十四日、宮崎県東臼杵郡坪谷村一番戸（現・日向市）に、父医師若山立蔵四十歳、母マキ三十七歳の長男に生まれる。本名繁。

明治二十四年、六歳。耳川を舟で下り、美々津で初めて海を見る。

明治二十九年、十一歳。坪谷尋常小学校を首席で卒業。延岡高等小学校に入学する。

明治三十一年、十三歳。三月、母と義兄河野佐太郎に伴われ、金比羅参りと大阪見物。最初の長途の旅行。

明治三十二年、十四歳。延岡中学校入学。文学に目覚め、小品文、和歌、俳句を、校友会誌を始め、「中学文壇」「秀才文壇」ほか各種紙誌に投稿する。学友らと「曙」「野虹」ほかの同人誌を発行する。

明治三十七年、十九歳。三月、延岡中学を卒業。四月、早稲田大学文学科高等予科に入学。五月、中学時代より投稿する「新声」主宰の尾上紫舟を訪問、入門する。北原白秋、土岐善麿ほかの知遇を得る。

明治三十九年、二十一歳。六月末、帰省の途次、園田小枝子に出会う。

明治四十年、二十二歳。春頃、小夜子が上京。恋に陥る。夏、岡山、広島、山口、耶馬渓をへて帰郷。年末より、小夜子と安房根本に十日余り滞在する。

明治四十一年、二十三歳。七月、早稲田大学文学科英文科を卒業。同月、第一歌集『海の声』刊行。夏、碓氷峠を越え妙義山登頂。

明治四十二年、二十四歳。前年秋から詩歌の総合誌「新文学」創刊を企図。資金難のため断念。一月から二月、外房布良に遊ぶ。

明治四十三年、二十五歳。一月、第二歌集『独り歌へる』刊行。三月、「創作」発刊、四月、先行二歌集に新作を加え、第三歌集『別離』刊行。歌壇に地歩を固める。九月初め、山梨県境川村の飯田蛇笏邸に滞在後、二ヵ月余り小諸の歌友の病院で静養。十月末、浅間山登頂。

明治四十四年、二十六歳。三月、小枝子が離京、五年余りの関係に終止符。七月、太田喜志子を知る。九月、第四歌集『路上』刊行。十二月、「やまと新聞」社会部記者となる。二十日あまりで辞職。

明治四十五年・大正元年（一九一二）、二十七歳。三月末、麻績の歌会で帰郷中の喜志子と再会、唐突に求婚。四月十三日、石川啄木、死去。その死に立ち会う。五月、喜志子が上京し結婚。同月、歌誌「自然」創刊（一号で廃刊）。七月、父重篤の報に単身、四年ぶりに帰郷する。九月、第五歌集『死か芸術か』刊行。十一月、父死去。

大正二年、二十八歳。一月、生家を後に、九州各地に遊ぶ。四月、長男旅人誕生。六月、帰京。九月、第六歌集『みなかみ』刊行。

大正三年、二十九歳。四月、第七歌集『秋風の歌』刊行。「創作」十二月号で休刊。十一月末、喜志子心労につき病臥。

大正四年、三十歳。三月、喜志子の転地療養のため、神奈川県三浦郡北下浦村に転居する。十月、第八歌集『砂丘』刊行。十一月、長女みさき誕生。

大正五年、三十一歳。三月中旬から一ヵ月半、東北各県を歩く。六月、散文集『旅とふる郷』、第九歌集『朝の歌』刊行。十二月、下浦を引き上げ、小石川区金富町に転居する。

大正六年、三十二歳。五月、巣鴨町に転居。六月、妙義山登頂。八月、喜志子との合著、第十歌集『白梅集』刊行。同月、東北行脚。十一月、秩父渓谷行。

大正七年、三十三歳。一月、二月、伊豆半島、土肥に長逗留。五月、(刊行順前後して)第十二歌集『渓谷集』、七月、第十一歌集『さびしき樹木』、散文集『海より山より』刊行。同月、京都、大阪、奈良、和歌山を経て、熊野、鳥羽、伊勢に遊ぶ。十一月中旬から、利根川上流に遊び、さらに信州松本周辺を探る。

大正八年、三十四歳。三月、信州伊那地方へ。五月、榛名山登頂。八月、九十九里浜、十一月、信州沓掛温泉、十二月、上総八幡崎へ

大正九年、三十五歳。二月、伊豆松崎、天城越え、湯ヶ島温泉、四月、秩父、五月、群馬、長野、岐阜、愛知へ。

大正十年、三十六歳。三月、第十三歌集『くろ土』、七月、紀行文集『静かなる旅をゆきつ』刊行。九月中旬より十月末まで、信州白骨温泉、上高地、焼嶽登頂、飛驒高山、富山、長野、木曾を周遊。

大正十一年、三十七歳。一月、伊豆土肥温泉に滞在。三月から四月、伊豆湯ヶ島温泉に逗留。八月、田園生活に入るため、静岡県沼津町在楊原村上香貫に転居。十月から十一月、利根川の支流、吾妻川から片品川を遡り、源を探る二十四日間の旅「みなかみ紀行」完遂。

大正十二年、三十八歳。五月、第十四歌集『山桜の歌』刊行。七月、仏法僧を聴きに愛知県新城町の鳳

来寺山へ。九月一日、西伊豆海岸古宇で関東大震災に遭遇。十月末から十一月中旬、八が嶽山麓を踏み、信州へ入り、松原湖、千曲川上流に遊び、秩父渓谷を歩く。

大正十三年、三十九歳。三月初め、亡父十三回忌に長男旅人を伴い十一年ぶりに帰郷。七月、紀行文集『みなかみ紀行』刊行。八月、上香貫から千本松に転居。九月、創作社発行所を兼ねた住宅建築資金集めで、短冊反折揮毫頒布会、第一回を沼津で開く。以後、広く各地で催す。

大正十四年、四十歳。一月、大阪で揮毫会、京都、神戸と回る。二月、随筆集『樹木とその葉』刊行。同月、沼津市市道町に約五百坪の土地購入。住居新築と、また新雑誌創刊を企図し、四月の信州佐久を皮切りに、岐阜、名古屋へ。以降、資金集め目的の揮毫旅行に明け暮れる。

大正十五年・昭和元年（一九二六）、四十一歳。五月、新月刊誌「詩歌時代」創刊。資金不足のために十月号六冊をもって廃刊決定。八月、千本松原伐採処分問題に反対運動が起こる。「沼津千本松原」を「沼津日日新聞」ほか一紙に寄せる。九月下旬から十二月上旬にかけ、妻同伴で北海道へ。

昭和二年（一九二七）、四十二歳。五月初め、妻同伴で二ヵ月余り釜山、光州、珍島、京城、金剛山ほか朝鮮各地を行脚。七月中旬、朝鮮からの帰路、九州を旅し、坪谷に立ち寄る。最後の帰郷となる。月末、ほぼ三ヵ月近い長旅を終え、沼津に帰るが、体調が復さない。

昭和三年、四十三歳。三月初め、御殿場から長尾峠を越えて箱根、小田原、東伊豆、天城を越え湯ヶ島温泉へ。九月十三日、急性腸胃炎兼肝臓硬変症（肥大性肝硬変）で重態。九月十七日朝、容態急変、永眠。法名、古松院仙誉牧水居士。沼津市の千本山乗運寺に葬られる。

主要書誌参考文献

『若山牧水全集』（雄鶏社　昭三三〜三四）
『若山牧水全集』（増進会出版社　平四〜五）
『若山牧水歌集』（岩波文庫　平一六）
『若山牧水随筆集』（講談社文芸文庫　平一二）
『新編みなかみ紀行』（岩波文庫　平一四）
『若山牧水伝』大悟法利雄（短歌新聞社　昭五一）
『若山牧水新研究』大悟法利雄（短歌新聞社　昭五三）
『今日も旅行く・若山牧水紀行』大岡信（平凡社　昭四九）
『牧水の心を旅する』伊藤一彦（角川学芸出版　平二〇）
『若山牧水　その親和力を読む』伊藤一彦（短歌新聞社　平二七）
『若山牧水への旅　ふるさとの鐘』前山光則（弦書房　平二六）
『近代作家追悼文集12　若山牧水』（ゆまに書房　昭六二）

正津　勉（しょうづ・べん）
1945年福井県生まれ。72年、『惨事』（国文社）でデビュー。代表的な詩集に『正津勉詩集』『死ノ歌』『遊山』（いずれも思潮社）があるほか、小説『笑いかわせみ』『小説尾形亀之助』『河童芋銭』、エッセイ『詩人の愛』『脱力の人』（いずれも河出書房新社）、『詩人の死』（東洋出版）、評伝『乞食路通』（作品社）など幅広い分野で執筆を行う。近年は山をテーマにした詩集『嬉遊曲』『子供の領分｜遊山譜』、小説『風を踏む―小説『日本アルプス縦断記』』、評伝『山水の飄客　前田普羅』、エッセイ『人はなぜ山を詠うのか』『行き暮れて、山。』（いずれもアーツアンドクラフツ）、『山川草木』（白山書房）、『山に遊ぶ　山を想う』（茗溪堂）など、ほかに『忘れられた俳人　河東碧梧桐』『「はみ出し者」たちへの鎮魂歌』（平凡社新書）がある。

ザ・ワンダラー
濡草鞋者《ぬれわらじもの》　牧水《ぼくすい》

2018年9月10日　第１版第１刷発行

著者◆正津《しょうづ》　勉《べん》
発行人◆小島　雄
発行所◆有限会社アーツアンドクラフツ
東京都千代田区神田神保町2-2-12
〒101-0051
TEL. 03-6272-5207　FAX. 03-6272-5208
http://www.webarts.co.jp/
印刷　シナノ書籍印刷株式会社

落丁・乱丁本はお取り替えいたします。
ISBN978-4-908028-31-1　C0095